KB122941

사람은 무엇으로 사는가

사람은 무엇으로 사는가

지은이 레프 니콜라예비치 톨스토이 옮긴이 손명희, 최희영 그린이 최영란

펴낸이 박은서 펴낸곳 도서출판 **새론북스**

편집 수선화기획 마케팅 권영제

주소 (412-820) 경기도 파주시 교하읍 문발리 파주출판정보단지 세종출판벤처타운 404호

전화 (031) 978-8767 팩스 (031) 978-8769

■ http://www.jubyunin.co.kr ■ myjubyunin@naver.com

초판 1쇄 인쇄일 2010년 9월 1일 ┃ 초판 1쇄 발행일 2010년 9월 10일

ⓒ 새론북스

ISBN 978-89-93536-23-2(03890)

사람은
무엇으로 사는가

레프 니콜라예비치 톨스토이 지음 | 손명희 · 최희영 옮김 | 최영란 그림

새론북스

● 차례 ●

바보 이반 이야기

OI

옛날에 부유한 러시아 사람이 살고 있었다. 이 부유한 러시아인에게는 군인 세몬과 배불뚝이 타라스, 바보 이반이라는 세 아들과 귀머거리에 바보인 딸 말라냐가 있었다.

군인 세몬은 전쟁에 나가 황제를 섬겼고, 배불뚝이 타라스는 도시로 나가 상인 밑에서 무역을 배웠지만, 바보 이반은 말라냐와 함께 집에서 일을 하면서 나날이 등이 굽어갔다.

세몬은 높은 지위와 영지를 얻어 귀족의 딸과 결혼했다. 그는 보수를 많이 받았고 영지도 컸지만 늘 돈이 부족했다. 세몬의 아내는 남편이 벌어다준 돈을 사치스러운 생활로 탕진했고, 그래서인지 이 부부에게는 늘 돈이 없었다.

세몬이 도조남의 논밭을 부치고 그 세로 매년 내는 곡식를 거두러 자기 영지에 가자 집사가 말했다.

"더이상 도조를 드릴 수 없어요. 소떼도, 연장도, 말도, 암소도, 쟁기도, 써레도 없습니다. 이 모두를 갖추어야 합니다. 그러면 돈이 생길 것입니다."

그러자 세몬은 아버지에게 갔다.

"아버지, 아버지는 부유하지만 저에게 아무것도 주지 않으셨습니다. 제 몫으로 재산의 삼분의 일을 주시면 그 돈으로 제 영지를 관리하겠습니다."

그러자 아버지가 말했다.

"너는 나에게 아무것도 보탠 것이 없다. 왜 내가 너에게 재산의 삼분의 일을 주겠느냐? 그러면 이반과 말라냐에게는 불공평한 일이 될 것이다."

하지만 세몬은 계속 졸랐다.

"자, 보십시오. 이반은 바보인데다 말라냐는 귀머거리에 명청한 노처녀입니다. 그 애들에게 뭐가 필요하다는 거죠?"

그러자 아버지가 대답했다.

"이반이 말하는 대로 하자."

하지만 이반은 이렇게 말했다.

"좋아요, 형에게 주세요."

세몬은 자신의 몫을 가지고 집을 떠났고, 자기 영지에서 그 돈을 쓴 다음 다시 황제를 섬기러 갔다.

배불뚝이 타라스 역시 많은 돈을 벌었고, 상인 집안에 장가를 들었지만 여전히 돈이 부족했다. 타라스는 아버지에게 찾아와 말했다.

"제 몫을 주세요."

아버지는 타라스에게도 돈을 주고 싶지 않았다. 그래서 이렇게 말했다.

"너는 집안에 아무것도 보탠 것이 없지 않느냐. 집에 있는 재산은 이반이 모은 것이다. 그러니 우리는 이반과 말라냐에게 잘못하면 안 된다."

하지만 타라스는 우겼다.

"이반에게 재산이 무슨 소용입니까? 그 아이는 바보인데다 결혼도 못 할 것이고 아무도 그애를 원하지 않아요. 또 바보 말라냐에게도 아무것도 필요 없어요. 이반, 나에게 곡식의 반을 주렴. 연장은 가져가지 않으마. 그리고 가축 중에서도 회색 종마만 가져가겠다. 네가 밭을 가는 데 아무 쓸모가 없지 않니?"

그러자 이반은 웃으며 말했다.

"좋아요, 제가 새로 시작하죠 뭐."

그래서 이반 가족은 타라스에게 그의 몫을 주었다.

타라스는 곡식을 가지고 도시로 갔다. 회색 종마도 데려갔다. 이반에게는 늙은 암탕나귀만 하나 남았다. 이반은 예전과 마찬가지로 농노처럼 일하면서 아버지와 어머니를 모셨다.

O2

삼형제가 다투지 않고 재산을 사이좋게 나누자 화가 난 악마
는 새끼 악마 세 마리를 불러모았다.

"여길 봐, 여기 삼형제가 있어. 군인 세몬과 배불뚝이 타라
스, 바보 이반이지. 셋이 싸워야 하는데 싸우지 않고 사이좋게
지내고 있어. 이 삼형제는 서로를 위해주지. 그 바보 녀석이 내
일을 전부 망쳐버렸어. 그러니 이제 너희 셋이 가서 삼형제를
한 놈씩 맡아 소란을 일으켜라. 서로 눈알을 뽑아낼 듯이 싸우
게 만들어. 할 수 있겠지?"

"할 수 있어요."

그들이 대답했다.

"어떻게 할 거냐?"

"우선, 세 명을 먹을 게 하나도 없도록 파산하게 만든 다음 셋
을 한곳에 붙여두는 거예요. 그러면 매일 서로 싸울 거예요."

"그래, 아주 좋은 생각이다. 할 일을 잘 알고 있구나. 얼른 서
둘러라. 그리고 놈들을 잡아올 때까지는 돌아오지 마라. 그렇
지 않으면 산 채로 네놈들의 가죽을 벗겨버릴 테다."

12

새끼 악마 세 마리는 수렁으로 가서 어떻게 임무를 수행할지 계획을 짰다. 그들은 서로 제일 쉬운 일을 하려고 싸우다가 마침내 누가 누구를 맡을지 제비뽑기를 하기로 했다. 그리고 누구든지 자기 임무를 먼저 끝내면 다른 일을 도와주기로 했다.

새끼 악마 세 마리는 제비를 뽑았고, 만나서 누가 성공했고 누가 도움을 필요로 하는지 알아보기 위해

다시 수렁에서 만날 날짜를 정했다.

약속한 날짜가 되자 새끼 악마들은 수렁으로 모여 서로의 상황을 설명했다. 먼저 첫 번째 악마가 세몬에 대해 이야기했다.

"내 일은 잘되고 있어. 내일 세몬이 아버지를 찾아갈 거야."

그러자 다른 악마들이 물었다.

"어떻게 했는데?"

"음, 우선 나는 세몬이 황제에게 온 세상을 정복하겠다고 용감하게 약속하도록 부추겼어. 그래서 황제는 세몬을 총사령관으로 임명하고 인도를 정복하도록 보냈지. 전쟁을 하게 된 거야. 전투가 있던 바로 그날 밤, 나는 세몬 군대 수중에 있는 화약을 모조리 다 물로 적시고는 인도 황제에게 가서 짚으로 수많은 병사를 만들어주었어. 세몬의 군인들은 짚으로 만든 병사가 사방을 둘러싼 모습을 보고 겁을 먹었지. 세몬은 발포하라고 명령했지만 대포와 총이 모두 말을 듣지 않았어. 세몬의 군인들은 겁에 질려서 양떼처럼 흩어졌고, 인도 황제가 그들을 모조리 죽였어. 황제의 총애를 잃은 세몬은 영지를 몰수당했고 내일이면 처형당할 거야. 이제 하루만 손쓰면 돼. 나는 세몬을 탈출시켜서 집으로 도망가게 할 거야. 내일이면 세몬은 끝이야. 자, 너희 둘은 어떻게 됐는지 말해봐."

그러자 타라스를 맡은 두 번째 악마가 이야기를 시작했다.

"나는 도움이 필요 없어. 내 일도 순조롭게 잘되어서 타라스
는 이제 한 주도 못 버틸 거야. 우선, 나는 타라스의 배를 욕심
으로 잔뜩 채웠어. 그래서 그는 남의 것을 너무 탐내게 되었고,
보는 것마다 사고 싶어하게 되었어. 그는 이것저것 사는 데 돈
을 다 써버렸는데 그래도 계속 사고 싶어했지. 그래서 외상으
로 물건을 잔뜩 샀어. 이제 빚은 산더미처럼 불어나서 타라스
의 목을 죄게 되었고, 타라스는 빚에서 벗어나지 못하게 되었
지. 이번 주말이면 빚을 갚을 날짜가 될 거고, 나는 타라스가 산
물건들을 쓰레기로 만들어버릴 거야. 타라스는 빚을 갚지 못할
거고 그러면 아버지에게 달려가겠지."

두 악마는 이반을 맡은 새끼 악마에게 물어보았다.

"너는 어떻게 됐어?"

"그게, 내 일은 잘 안 되었어. 우선 나는 이반의 배를 아프게
하려고 크바스호밀이나 빵 부스러기로 만든 발효 음료 병에다가 침을 뱉
고, 밭으로 가서 땅을 바위처럼 단단하게 만들었지. 그러면 이
반이 밭을 갈지 않을 줄 알았는데 그 바보 놈은 나무 쟁기를 가
지고 와서 일을 하는 거야. 배가 아파서 끙끙 앓으면서도 계속
쟁기질을 했지. 그래서 내가 쟁기를 부러뜨렸어. 그랬더니 집

15

으로 가서 다른 쟁기를 가져와서 다시 쟁기질을 시작하지 뭐야. 그래서 내가 땅 밑으로 들어가 쟁기날을 잡고 안 놔주려고 했어. 그런데 이반이 온 힘을 다해서 쟁기질을 하는데다 쟁기날이 너무 날카로워서 내 손을 다 베었지 뭐야. 이반은 쟁기질을 거의 다 끝내고 한 고랑만 남겨두었어. 형제들아, 나 좀 도와줘. 이반을 때려눕히지 못하면 우리의 노력이 모두 헛수고가 될 거야. 그 바보가 남아서 계속 농사를 지으면 이 삼형제는 부족한 게 없을 거야. 이반이 형들을 다 먹여 살릴 테니까."

그래서 세묜을 맡은 악마가 다음날 이반을 맡은 악마를 도와주러 가기로 하고 세 마리 악마는 헤어졌다.

03

이반은 묵힌 땅의 쟁기질을 거의 마쳤고, 한 고랑만이 남았다. 이반은 쟁기질을 마저 끝내려고 밭으로 나갔다. 배가 아팠지만 쟁기질을 해야 했다. 이반은 밧줄을 팽팽하게 잡아당겨 쟁기에 묶고 쟁기질을 시작했다. 한 번 갔다가 다시 돌아오려

하는데 쟁기가 나무뿌리에 걸리기라도 한 것처럼 나가질 않았다. 바로 새끼 악마가 쟁기날에 다리를 휘감아 잡고 있었던 것이다.

"이상하네. 여기는 아무것도 없었는데, 뿌리가 생기다니."

이반이 중얼거렸다.

이반이 고랑 속으로 손을 넣자 부드러운 것이 만져졌다. 이반은 그것을 잡아서 뽑아내었다. 그것은 검고 뿌리처럼 생겼지만 뿌리가 아니었고 꿈틀거리고 있었다. 앗! 살아 있는 새끼 악마였다!

"이런, 정말 고약한 놈이군."

이반이 쟁기로 내리치려고 손을 높이 들자 새끼 악마가 징징대기 시작했다.

"내리치지 마세요. 원하는 것은 뭐든 해드릴게요."

"내게 뭘 해줄 건데?"

"원하는 것이 있다면 말씀만 하세요."

이반은 머리를 긁으며 말했다.

"배가 아픈데, 고칠 수 있니?"

"물론이지요."

"좋아, 그럼 고쳐줘."

새끼 악마는 밭고랑에서 몸을 굽혀 여기저기를 발톱으로 더듬더니 세 갈래로 된 작은 뿌리를 뽑아서 이반에게 주었다.

"누구든 이 작은 뿌리를 삼키면 모든 고통이 사라져요."

이반은 뿌리를 받아서 한 뿌리를 떼어내 삼켰다. 그 즉시 아픈 배가 나았다.

새끼 악마는 다시 간청했다.

"이제 제발 저를 보내주세요. 지금 땅속으로 뛰어들어서 다시는 나오지 않을게요."

"좋아. 신께서 함께하시길."

이반이 신이라는 말을 하는 순간, 마치 물속에 돌을 던진 것처럼 갑자기 새끼 악마가 땅속으로 사라져버렸고 구멍만이 하나 남았다.

이반은 나머지 두 뿌리를 모자 속에 집어넣고 계속 쟁기질을 해 마지막 밭을 다 일구고 집으로 갔다. 이반은 마구를 풀고 이즈바러시아식의 둥글고 작은 오두막로 들어갔다. 안에는 군인인 큰형 세몬이 그의 아내와 앉아서 저녁을 먹고 있었다. 세몬은 영지를 몰수당한 뒤 감옥에 갇혔다가 탈옥하여 아버지의 집에서 같이 살려고 서둘러 온 참이었다.

세몬이 이반에게 말했다.

"너와 함께 살러 왔단다. 우리가 새로 살 집을 얻을 때까지 좀 지내게 해다오."

"좋아요, 함께 살아요."

하지만 이반이 의자에 앉으려는 순간 세몬의 아내는 이반에게서 나는 냄새가 역겨워서 견딜 수가 없었다. 그녀는 남편한테 이렇게까지 말했다.

"냄새나는 농노와 같이 밥을 먹을 수는 없어요."

그러자 세몬이 말했다.

"너한테서 지독한 냄새가 난다는구나. 너는 밖으로 나가서 먹는 게 좋겠다."

"좋아요, 어차피 오늘 밤은 암탕나귀에게 풀을 먹이러 목장으로 나가야 했으니까요."

이반은 빵과 소매가 긴 옷을 들고 나가 밤 동안 밖에 있었다.

04

세몬을 맡았던 새끼 악마는 그날 밤 안에 자기 일을 마치고 약속한 대로 이반을 맡은 악마를 찾아왔다.

악마는 밭으로 가서 자기 형제를 열심히 찾고 또 찾았지만, 단지 구멍만 하나 발견했을 뿐이었다.

"이런, 뭔가 나쁜 일이 생겼나보다. 이제 내가 이반을 맡아야겠군. 밭은 다 갈았잖아. 그럼 이제 풀밭에서 혼내줘야지."

새끼 악마는 풀밭으로 가서 이반의 풀밭에 온통 물이 넘치게 했다. 풀밭은 온통 진흙투성이가 되었다. 목장에서 돌아온 이반은 커다란 낫을 갈아서 풀밭으로 나와 풀을 베기 시작했다. 그가 낫을 한 번 휘두르고, 또 한 번 휘두르고 나자 낫이 너무 둔해져서 풀이 베어지지가 않았다. 그래서 이반은 다른 낫을 사용해야 했다. 이반은 열심히 낫을 휘두르고 또 휘둘렀다.

"아무 소용없잖아. 집에 가서 숫돌과 빵을 조금 가져와야겠다. 일주일이 걸리더라도 꼭 풀을 다 베고 말겠어."

새끼 악마가 이반의 중얼거림을 듣고 혼잣말을 했다.

"저 바보는 만만한 상대가 아니군. 이런 식으로는 못 당하겠는걸. 다른 수를 써야겠다."

이반은 돌아와서 낫을 간 후 다시 풀을 베기 시작했다. 새끼 악마는 풀 위로 기어올라가 낫을 잡아 뾰족한 끝부분을 땅에 박아넣으려 했다. 이반은 힘들었지만 계속 낫을 휘둘렀고, 이제는 한 고랑밖에 남지 않았다. 새끼 악마는 남은 고랑으로 기어올라가 생각했다.

'내 발이 잘리는 한이 있더라도 풀을 베지 못하게 해야겠어.'

이반이 남은 고랑으로 다가왔다. 풀은 두꺼워보이지 않았지만 이상하게도 잘 베어지지 않았다. 화가 난 이반은 있는 힘을 다해서 낫을 휘둘렀다. 새끼 악마는 포기할 수밖에 없었다. 하지만 껑충 뛰어서 도망갈 시간이 없어서 악마는 근처 덤불로 뛰어들었다. 그런데 이반이 낫을 휘두르다가 덤불을 스치면서 새끼 악마의 꼬리를 반으로 잘라버렸다. 이반은 이제 풀베기를 다 끝내고, 누이 말라냐에게 풀을 한곳에 모아두라고 한 뒤에 호밀을 베러 갔다.

이반이 작은 낫을 가지고 밭에 도착했을 때는, 꼬리가 잘린 악마가 먼저 와서 호밀을 온통 헝클어 낫이 아무 소용없게 만들어놓은 상태였다. 이반은 뒤로 돌아서 가지 치는 낫을 가지고 호밀을 베기 시작했다. 이반은 마침내 호밀을 다 베었다.

"휴, 이젠 귀리를 베야겠다."

꼬리가 잘린 악마는 이반의 말을 듣고 생각했다.

'호밀을 벨 때 골탕 먹이지 못했으니까 이제 귀리를 벨 때를 노려야 해. 내일 아침까지 기다리자.'

다음날 아침, 악마는 서둘러 귀리밭으로 갔지만, 이미 귀리는 다 베어져 있었다. 낟알이 흔들려 떨어지지 않도록 이반이 밤새 다 베어버린 것이었다.

새끼 악마는 화가 나서 길길이 날뛰었다.

"이 바보 녀석이 나를 이렇게 골탕 먹이다니! 전쟁에서도 이렇게 운이 나쁜 적은 없었는데. 이 저주받을 놈은 잠도 안 자는구나. 아, 저놈을 당해내기는 힘드니까 이제 낟가리를 쌓아둔 곳으로 가서 다 썩혀버려야겠군."

새끼 악마는 호밀 낟가리를 쌓아둔 사이로 기어들어가 그것들을 썩히기 시작했다. 그런데 낟가리를 뜨뜻하게 만들다가 따뜻한 기운에 자기도 모르게 잠이 들고 말았다.

그때 이반이 암탕나귀에 마구를 채우고 말라냐와 함께 낟가리를 가지러 왔다. 이반은 낟가리를 갈퀴로 모아 두 무더기로 쌓아올리기 시작했다. 그런데 이반이 막 갈퀴를 다시 휘두르는 순간 갈퀴 끝이 악마의 등에 정통으로 박혀버렸다. 이반이 갈퀴를 당기자, 이런, 살아 있는 악마가 꽂혀 있는 것이 아닌가. 맞다, 짧게 잘린 꼬리에 대자로 축 늘어져서 도망가려고 꼼지락거리는, 정말 살아 있는 악마였다.

"아니, 이 못된 것! 또 여기 있나?"

"아니, 저는 다른 악마예요. 그때의 악마는 제 형제였고, 저는 당신 형 세몬과 함께 있었어요."

"음, 네가 누구든 간에 똑같이 해야겠다."

이반이 짐수레 바퀴에 악마를 내동댕이치려는 순간 악마가 빌기 시작했다.

"내려주세요, 이제 나쁜 짓을 하지 않고 시키시는 대로 하겠습니다."

"그래, 무엇을 할 수 있지?"

"음, 무엇으로든 군인을 만들 수 있습니다."

"하지만 그게 무슨 소용이 있지?"

"군인들을 데리고 뭐든지 원하는 것을 할 수 있지요. 군인은 뭐든지 할 수 있습니다."

"노래도 부를 수 있을까?"

"네, 할 수 있어요."

"아주 좋아, 그럼 만들어봐."

그러자 악마가 말했다.

"여기, 이 호밀을 한 단 반듯하게 세우고 흔들면서 '내 종의 명이니 이제 너는 더이상 짚단이 아니다. 짚마다 모두 군인이 되어라'라고 말하면 됩니다."

이반은 호밀단을 바닥에 세운 후 악마가 가르쳐준 대로 말했다. 그러자 호밀단이 따로따로 떨어지더니 고수鼓手와 나팔수를 비롯한 군인이 되어 북을 치고 나팔을 불기 시작했다. 이반은 웃음을 터뜨렸다.

"정말 재밌구나! 여자들이 재밌어하겠는걸!"

"그럼 이제 저를 놔주세요."

"아니, 여물로 군인을 만들어야겠어, 아니면 낟알을 낭비하는 셈이니까. 저들을 어떻게 다시 호밀단으로 만드는지 가르쳐 줘. 타작을 해야겠어."

그러자 악마가 말했다.

"이렇게 말하면 됩니다. 군인들은 모두 짚이 되어라. 내 종의 명이니, 짚으로 돌아가라."

이반이 그대로 말하자 군인들은 도로 호밀단이 되었다. 그러자 다시 악마가 빌었다.

"이제 놔주세요."

"좋아!"

이반은 악마의 다리를 잡고 손으로 단단히 쥔 다음 갈퀴에서 뽑아냈다.

"신께서 함께하시길."

이반의 말이 끝나자마자 악마는 돌멩이를 물속에 던진 것처럼 땅속으로 사라져버렸고, 구멍만이 하나 남았다.

이반이 집으로 돌아오자 형 타라스와 그의 아내가 저녁을 먹고 있었다. 타라스는 빚을 갚지 못해서 채권자들을 피해 아버지의 집으로 도망을 온 것이었다. 타라스가 이반에게 말했다.

"나는 이제 완전 파산했으니 나와 내 아내를 거두어주렴."

"좋아요, 우리와 함께 지내요."

이반이 말했다. 하지만 타라스의 아내는 이렇게 말했다.

"바보와 같이 식사할 순 없어요. 온통 땀냄새잖아요."

그러자 타라스가 말했다.

"이반, 너한테 냄새가 많이 나니 너는 저기 현관에서 밥을 먹는 게 좋겠다."

"뭐, 좋아요."

이반은 빵을 좀 가지고 마당으로 나가며 말했다.

"어차피 목초지에 가볼 시간이니까요."

05

그날 밤 타라스를 맡았던 악마는 자신의 임무를 끝내고 약속했던 바에 따라 동료를 도와 이반을 혼내주러 왔다. 악마는 밭으로 가서 동료를 찾고 또 찾아보았지만 어디에도 아무 흔적이 없었다. 그저 구멍만 하나 발견했을 뿐이었다. 다시 풀밭으로 간 악마는 늪에서 꼬리 하나를 발견했고, 그루터기만 남은 호밀밭에서 구멍을 하나 더 발견했다.

"음, 형제들에게 나쁜 일이 일어난 것이 틀림없어. 내가 그들 대신 이 바보 놈을 혼내줘야겠군."

악마는 바보 이반을 찾아나섰다. 하지만 이반은 이미 나무를 베러 숲으로 간 후였다. 이반의 형들이 같이 살기에는 집이 좁다며 바보 이반에게 목재를 준비해 새집을 지어달라고 한 것이었다.

악마는 서둘러 숲으로 가서 나무옹이로 기어들어가 이반이 나무를 베지 못하도록 방해했다. 이반은 나무가 숲속 빈터로 쓰러지도록 방향을 맞추어 나무의 아랫부분에 도끼질을 했다. 하지만 악마가 나무에 장난을 치자 나무는 자꾸만 다른 방향으로 넘어지면서 나뭇가지끼리 엉키었다.

이반은 통나무를 처리하는 갈고리 지레를 이용해서 엉킨 나무를 풀어 땅으로 쓰러지게 했다. 그러고는 또다른 나무를 베기 시작했다. 하지만 또 똑같은 일이 일어났다. 이반은 계속 애를 써서 아주 힘들게 나무를 베었다. 이제 세 번째 나무를 베려고 했지만 마찬가지였다.

이반은 원래 어린 나무를 50그루 정도 베려고 했었는데, 실제로는 겨우 열두 그루 정도밖에 베지 못했다. 그런데 이미 날은 저물었고 그는 지쳐버렸다. 이반의 몸에서 김이 나면서 안개처럼 숲속으로 퍼졌지만 그래도 이반은 포기하지 않았다. 그는 또다시 다른 나무의 아랫부분을 잘라냈다. 등이 부서질 듯이 아팠고 더이상은 힘을 짜낼 수 없어지자 이반은 도끼를 나무에 박아넣고 앉아서 쉬었다.

악마는 이반이 일을 멈춘 것을 보고 기뻐했다.

"음. 이제야 지쳤군. 포기한 거야. 나도 좀 쉬어야겠다."

악마는 큰 가지에 앉아서 낄낄거리며 웃었다. 하지만 이반은 곧 일어나 도끼를 뽑아서 휘둘렀다. 이반이 악마가 앉아 있는 나무의 다른 쪽을 도끼로 찍자 갑자기 나무가 쩍 갈라지더니 쿵 소리를 내며 무겁게 바닥으로 쓰러졌다. 미처 이 일을 예상치 못한 악마는 빠져나오지 못해서 다리가 나무에 걸려버렸다.

나뭇가지가 부러지면서 악마의 발을 찔렀다. 이반은 나뭇가지를 쳐내고 있었는데, 이런, 살아 있는 새끼 악마가 아닌가! 이반은 깜짝 놀랐다.

"아니, 이것 좀 봐. 이 못된 것이 또 여기에 왔네!"

"나는 다른 악마예요. 나는 타라스와 함께 있었다구요."

"뭐, 네가 누구든 간에, 너도 똑같이 해주마."

이반은 도끼를 휘둘러 악마를 찍으려고 했지만 악마가 자비를 베풀어달라며 빌기 시작했다.

"내려치지 마세요. 뭐든 원하는 것을 해드릴게요."

"음, 그럼, 넌 뭘 할 수 있지?"

"원하시는 만큼 돈을 만들어드릴 수 있어요."

"좋아, 해봐."

그러자 악마는 어떻게 하는지 보여주었다.

"여기 이 떡갈나무 잎을 가지고 손으로 문지르세요. 그럼 금화가 되어 땅으로 떨어질 거예요."

이반이 나뭇잎을 따서 문지르자 금화가 떨어졌다.

"아, 좋은데. 아이들이 심심할 때 보여주면 재미있어하겠어."

"이제 저를 놔주세요."

"좋아."

이반은 갈고리를 치우고 새끼 악마를 놓아주었다.

"신께서 함께하시길."

이반이 이렇게 말하자 악마는 물속으로 던진 돌멩이처럼 땅
으로 떨어졌고 구멍만 하나 남았다.

06

이반의 형들은 새집을 짓고 따로따로 살게 되었다. 이반은
곡식을 거두어들이고 맥주를 만들어 잔치를 벌여 형들을 초대
했다. 하지만 형들은 참가하지 않았다.

"농사꾼들의 잔치라면 충분히 봤잖아?"

형들은 이렇게 말했다.

이반은 다른 농부들과 여자들과 즐겁게 마셨다. 얼근하게 취
한 이반은 거리의 악사들 중 여자들에게 다가가 노래를 불러달
라고 했다.

"그러면 당신들이 생전 보지 못한 것을 줄게요."

여자들은 웃으면서 그를 위해 노래하기 시작했다. 노래를 마

치고 춤도 춘 후 여자들이 말했다.

"이제 그걸 줘요."

"즉시 갖다드리지요."

이반은 씨앗을 담는 바구니를 들고 서둘러 숲으로 갔다. 여자들은 이반을 놀려댔다.

"저런 바보 같으니."

여자들은 곧 이반을 잊어버렸다.

하지만 곧 다시 달려온 이반의 종자 바구니에는 무언가가 잔뜩 들어 있었다.

"이걸 나눠줄까요, 말까요?"

"그게 뭔데요? 나눠줘요!"

이반은 금화를 한 줌 쥐어 여자들에게 뿌렸다. Batyushki!

갑자기 소란이 일었다. 여자들과 농부들은 너도나도 달려들어 금화를 주웠고, 사람들은 서로 금화를 빼앗으려고 난리를 쳤다. 한 노파는 깔려서 죽을 뻔했다. 이반이 웃음을 터뜨렸다.

"아, 정말 바보 같아요. 왜 할머니를 뭉개는 거예요? 진정들 하세요. 내가 더 줄 테니."

이반이 금화를 뿌리기 시작하자 사람들이 떼지어 몰려들었다. 이반은 씨앗 바구니에 든 금화를 모두 주었지만 사람들은 여전히 더 달라고 아우성이었다.

그러자 이반이 말했다.

"그게 답니다. 다음에 더 줄게요. 이제 춤을 춰요. 노래를 하자구요!"

여자들은 노래를 시작했다.

"당신들 노래는 별로예요."

이반이 말했다.

"그럼, 어떤 게 더 낫단 말이에요?"

여자들이 물었다.

"그럼, 제가 보여드리죠. 잠시만요."

이반은 헛간으로 가서 짚단을 가져다 세워놓고 말했다.

"내 종의 명이니 너는 더이상 짚단이 아니다. 짚마다 모두 군인이 되어라."

그러자 짚단이 흩어지더니 군인들이 나와 북을 치고 나팔을 불었다.

이반은 군인들에게 노래를 부르라고 명령하고는 거리로 데리고 나왔다. 군인들은 노래를 부르며 즐겁게 놀았다. 이윽고 이반은 군인들을 데리고 헛간으로 돌아가 군인들을 다시 짚단으로 만들어 짚더미에 던져두었다. 그러고 나서 이반은 집으로 돌아가 마구간에 누워 잠을 잤다.

07

아침이 되자 큰형 세몬이 이 소문을 듣고 찾아왔다.

"나에게 보여다오. 도대체 그 많은 군인들을 어디서 데려와서 어디로 데리고 간 거냐?"

"하지만 그게 형에게 무슨 소용이에요?"

"그게 무슨 말이냐. 군인이 있으면 무엇이든지 할 수 있지. 자기 나라를 만들 수도 있단 말이다."

"정말요?"

이반이 깜짝 놀라 말했다.

"왜 진작 말 안 했어요? 그럼 원하는 만큼 만들어줄게요. 말라냐와 함께 짚단을 많이 쌓아두어 다행이네."

이반은 형을 헛간으로 데리고 가서 말했다.

"군인들을 만들어드릴 테니 대신 멀리 데리고 가겠다고 약속해줘요. 군인들을 다 먹이려면 하루 만에 온 동네가 거덜나고

말 거예요."

세몬이 약속하자 이반은 군인들을 만들었다. 이반이 헛간 바
닥에 짚단을 뿌리자 한 분대가 나타났다! 또다시 짚단을 뿌리

자 한 분대가 더 나타났다. 이반이 어찌나 군인들을 많이 만들
었는지, 마침내 온 밭을 가득 채울 정도였다.

"자, 이 정도면 되겠어요?"

세몬은 기뻐하며 말했다.

"그래, 충분해. 고맙다, 이반."

"고맙긴요. 만약 더 필요하면 다시 오세요. 더 만들어드릴게요. 올해에는 짚단이 아주 많으니까요."

군인 세몬은 즉시 군대를 편성한 후 명령을 내렸고, 전쟁을 하러 떠났다.

세몬이 떠나자마자 배불뚝이 타라스가 나타났다. 타라스 역시 어제 일을 듣고 동생에게 부탁을 하러 온 것이었다.

"어디서 그런 금화를 가지고 왔는지 보여다오. 공짜로 그렇게 많은 돈이 생긴다면 온 세계의 돈을 끌어모을 수 있어."

이반은 깜짝 놀랐다.

"정말요? 그렇다면 진작 말해주었어야죠. 원하는 만큼 만들어드릴게요."

타라스는 매우 기뻐했다.

"그럼 세 바구니만 만들어다오."

"좋아요. 숲으로 가요. 하지만 말을 데리고 가야겠어요. 형이 들고 오기엔 너무 많을 테니까."

타라스와 함께 숲으로 간 이반은 떡갈나무 잎을 문질러 엄청난 양의 금화를 만들었다.

"이 정도면 충분하겠어요?"

타라스는 무척 기뻐하며 말했다.

"지금은 이 정도면 됐다. 고맙구나, 이반."

"고맙긴요. 더 필요하면 저에게 오세요, 더 만들어드릴 테니. 나뭇잎은 아직 많거든요."

타라스는 한 수레 가득 금화를 싣고 장사를 하러 떠났다.

이반의 두 형은 제각기 멀리 떠났다. 세몬은 전쟁을 시작했고 타라스는 장사를 시작했다. 얼마 안 있어 세몬은 왕국을 점령하여 황제가 되었고 타라스는 장사로 많은 돈을 벌었다.

어느 날 세몬과 타라스는 한자리에서 만나 각자 어디서 군사와 돈을 얻었는지를 이야기했다.

그러고 나서 세몬이 동생에게 말했다.

"나는 왕국을 점령했다. 이제 내 군인들에게 줄 돈만 있으면 잘살 거야."

그러자 타라스가 말했다.

"나는 돈을 엄청나게 모았어요. 하지만 내 돈을 지켜줄 사람이 없다는 것이 문제예요."

그러자 세몬이 말했다.

"그러면 이반에게 가자. 나는 이반에게 군인을 더 만들어달라고 해서 네 돈을 지키게 해주마. 그러면 너는 이반에게 돈을 더 만들어달라고 해서 내 군인들에게 주는 거야."

형제는 이반을 찾아갔다.

세몬이 이반에게 말했다.

"동생아, 군인이 부족하구나. 군인을 좀더 만들어주렴. 짚단 두 개 정도로 군인을 만들어다오."

하지만 이반은 고개를 저었다.

"안 돼요. 이제는 더이상 군인을 만들어주지 않을 거예요."

"아니, 왜 그러니? 만들어주겠다고 했었잖아."

"약속을 하긴 했지만 이제는 더이상 만들지 않겠어요."

"아니 이 바보야, 왜 만들지 않겠다는 거냐?"

"형의 군인이 사람을 죽였으니까요. 전에 길가에서 쟁기질을 하고 있는데 어떤 여자가 관을 끌고 가지 않겠어요? 그 여자는 통곡하고 있었어요. 내가 물었죠. '누가 죽었나요?' 그러자 그 여자가 말했어요. '세몬의 군인들이 전쟁터에서 제 남편을 죽였어요.' 나는 군인들이 노래나 하는 줄 알았는데, 사람을 죽이다니요. 이제는 더이상 군인을 만들어주지 않겠어요."

이반은 계속 고집을 부리며 군인을 만들어주지 않았다.

이번에는 타라스가 이반에게 금화를 더 만들어달라고 말했다. 하지만 이반은 고개를 저었다.

"안 돼요. 이제 더이상 금화를 만들지 않겠어요."

"아니 그건 또 무슨 말이냐? 만들어주겠다고 약속하지 않았니."

"약속은 했지만 이제 더이상은 만들지 않겠어요."

"아니 이 바보야, 왜 만들지 않겠다는 거냐?"

"형의 금화가 미하일로브나의 암소를 가져갔으니까요!"

"어떻게 그랬단 말이냐?"

"미하일로브나에게는 암소가 한 마리 있어서 아이들에게 우유를 먹일 수 있었지요. 그런데 요즘에는 아이들이 저에게 와서 우유를 좀 달라고 하지 않겠어요? 그래서 제가 말했지요. '너희 암소는 어디 있니?' 그러자 아이들이 '배불뚝이 타라스가 와서 어머니한테 금화 세 닢을 주자 어머니가 암소를 주었어요. 이제 우리는 우유를 마실 수 없어요'라고 말했어요. 나는 형이 금화를 가지고 놀려고 그러는 줄 알았는데, 아이들에게서 암소를 빼앗았어요. 이제는 더이상 만들어주지 않을래요."

바보 이반의 의지는 너무도 확고해서 더이상 형들에게 아무 것도 만들어주지 않았다. 그래서 형들은 다시 가버렸다.

세몬과 타라스는 문제를 어떻게 해결할지 의논했다. 세몬이 말했다.

"자, 이렇게 하자. 너는 돈을 대서 내 군인들에게 주고 내가 왕국의 절반을 너에게 줄 테니 내 군인들이 너의 돈을 지키게 하자."

타라스가 이에 동의하여 형제 둘은 부유한 황제가 되었다.

08

이반은 여전히 부모님을 부양하고 말라냐와 함께 밭에서 일을 하며 지냈다.

그런데 어느 날 이반의 집을 지키는 늙은 개가 병이 들어 털이 빠지더니 거의 죽게 되었다. 개를 불쌍하게 여긴 이반은 말라냐에게서 빵을 조금 받아 모자에 숨겨두었다가 개에게 던져주었다. 그런데 모자가 낡아서 생긴 구멍으로 작은 나무뿌리가 빵과 함께 떨어졌다. 늙은 개는 빵과 함께 나무뿌리를 삼켰다. 그런데 개가 나무뿌리를 삼키자마자 벌떡 일어나더니 뛰어다니면서 짖기도 하고 꼬리를 흔들었다. 병이 다 나은 것이었다.

이반의 부모님은 이 광경을 보고 매우 놀라며 물었다.

"아니, 어떻게 개가 나은 거냐?"

그러자 이반이 대답했다.

"저한테 나무뿌리가 두 개 있는데 어떤 고통이든 낫게 해주 거든요. 그런데 개가 그 나무뿌리 하나를 삼켰지 뭐예요."

그런데 그 무렵 황제의 딸이 병에 걸렸다. 황제는 모든 도시 와 마을에, 누구라도 공주를 치료하면 그에게 보답을 하겠다는 포고문을 내렸다. 게다가 만약 공주의 병을 고친 자가 결혼을 하지 않은 사람이라면 공주와 결혼을 시켜주겠다고 했다. 이러 한 소식이 이반의 마을에도 전해졌다.

이반의 부모님은 이반을 불러 말했다.

"황제의 포고를 들었느냐? 너에게 작은 나무뿌리가 있다고 했지? 그러니 서둘러 가서 공주를 치료하거라. 그러면 큰 상을 받게 될 거다."

"좋아요."

이반은 길을 떠날 채비를 하였다. 가족들은 이반을 말쑥하게 치장해주었다.

이반이 막 문을 나서는데, 손을 다친 거지 여인이 서 있는 모 습이 보였다.

"당신이 병을 고친다는 소문을 들었습니다. 제 손을 좀 고쳐 주세요. 지금 저는 제 손으로 신발도 신지 못한답니다."

그러자 이반이 말했다.

"그러죠."

이반은 작은 나무뿌리를 꺼내어 거지 여인에게 주면서 삼키라고 했다. 거지 여인은 뿌리를 삼키고 병이 나아 즉시 손을 다시 쓸 수 있게 되었다.

이반과 함께 황제에게 가려던 이반의 부모님이 채비를 끝내

고 집 밖으로 나왔다. 부모님은 이반이 거지에게 마지막 뿌리를 줘버려 황제의 딸을 고칠 나무뿌리가 없다는 사실을 알고 이반을 나무랐다.

"거지 여인은 불쌍히 여기면서 황제의 딸은 불쌍히 여기지 않는 게로구나."

이반은 황제의 딸도 가엾다는 생각이 들기 시작했다. 그래서 그는 마구를 채우고 마차에 짚을 깐 다음 출발하려고 했다.

"아니, 어딜 가느냐? 이 바보 녀석아?"

"황제의 딸을 고치려고요."

"그래, 하지만 너는 이제 뿌리가 없지 않느냐."

"괜찮아요."

이반은 길을 떠났다. 그리고 이반이 황제의 궁에 도착하여 계단을 올라가자마자 공주의 병이 씻은 듯 나았다.

황제는 기쁨에 넘쳐 이반을 데려오라는 명령을 내렸다. 황제는 이반에게 좋은 옷을 입히고 치장을 한 후 불러서 말했다.

"내 사위가 되어주게."

그렇게 이반은 공주 짜르예브나와 결혼하게 되었다. 그리고 얼마 지나지 않아 황제가 숨을 거두자 이반은 황제가 되었다.

이렇게 해서 삼형제가 모두 황제가 되었다.

09

삼형제는 나라를 통치하며 살았다.

큰형인 군인 세몬은 나라를 잘 통치하고 있었다. 짚으로 만든 군인을 토대로 세몬은 진짜 군인을 모집했다. 그는 자기 왕국에서는 열 가구 단위로 군인 한 명을 배출하도록 했는데, 군인은 반드시 키가 크고 몸은 하얗고 얼굴이 깨끗해야 했다. 그

는 이렇게 모집한 군인을 훈련시켰다. 누군가 세몬의 말에 반
박하면 그는 군인을 보내어 하고 싶은 대로 했다. 그래서 모두
들 세몬을 두려워하게 되었다.

세몬은 즐거운 삶을 살고 있었다. 그가 원하는 것, 그가 보는
것은 무엇이든 그의 것이 되었다. 군인을 보내면 무엇이든 그
가 원하는 것을 빼앗아서 가져다주었다.

배불뚝이 타라스도 잘 지냈다. 그는 이반에게서 받은 돈을
낭비하지 않았고 대신 더 많은 돈을 벌어들였다. 그는 또한 예
비 금고도 만들었다. 타라스는 돈궤에 돈을 보관하였고 백성들
에게서 가차 없이 세금을 거두었다. 노예에 대해서도 세금을
거두었고, 통행세도 거두었으며 나무로 된 신발, 각반, 치마의
주름 장식에 대해서도 세금을 거두었다. 원하는 것은 무엇이든
그의 것이 되었다. 돈을 주면 사람들은 무엇이든 가져다주었
다. 또 누구나 돈이 필요하기 때문에 사람들은 타라스를 위해
기꺼이 일했다.

바보 이반도 가난하게 살지 않았다. 장인의 장례를 치른 후
이반은 황제가 입는 옷을 벗고 아내에게 주며 옷장에 넣어두라
고 말했다. 이반은 삼베로 된 윗옷과 바지를 입고 나무 신발을
신은 후 일을 하러 갔다.

"이게 더 힘들군. 살이 찌니까 입맛도 없고 잠도 오질 않잖아."

이반은 부모님과 말라냐와 함께 밖으로 나가 다시 일을 하기 시작했다.

그러자 사람들이 이반에게 말했다.

"당신은 황제입니다."

"황제도 먹긴 하잖아요."

수상이 와서 말했다.

"시종들에게 월급을 줄 돈이 없습니다."

"좋아요, 돈이 없으면 주지 마세요."

"그러면 폐하를 모시지 않을 텐데요."

"좋아요, 그럼 그러지 말라고 하세요. 그러면 시종들도 일할 시간이 더 많아지잖아요. 비료를 나르게 하세요. 비료가 많이 쌓였던데."

사람들은 이반을 찾아와 재판을 해달라고 했다.

한 사람이 말했다.

"저 사람이 내 돈을 훔쳤습니다."

그러자 이반이 대답했다.

"돈이 필요했나보군요."

이제 모두들 이반이 바보라는 사실을 알게 되었다. 왕비가 이반에게 말했다.

"사람들이 당신더러 바보라고 하는군요."

"상관없어요."

왕비는 곰곰이 생각해보았다. 하지만 그녀 역시 바보였다.

"내 남편의 뜻을 거슬러서 좋을 것이 뭐가 있겠어? 바늘이 가면 실도 가야지."

이반의 아내는 왕비의 옷을 벗어서 옷장에 넣고 말라냐를 찾아가 일을 배웠다. 일을 다 배운 그녀는 남편을 도와 일을 하기 시작했다. 그래서 똑똑한 사람들은 모두 이반의 왕국을 떠났고 바보들만이 남았다. 그들에게는 돈도 없었다. 사람들은 일을 해서 스스로를 먹여 살리며 살았다.

OIO

악마는 새끼 악마들에게서 삼형제를 파멸시켰다는 소식이 오기만을 기다리고 또 기다렸다. 하지만 아무런 소식이 오지 않자 스스로 알아보기로 했다. 악마는 열심히 찾아다녔지만, 구멍 세 개 외에는 아무것도 찾지 못했다.

"분명 성공하지 못했구나. 내가 직접 나서야겠다."

악마는 삼형제를 찾아갔지만 삼형제는 이미 옛날에 살던 곳을 떠나 각기 다른 왕국에 살고 있었다. 세 명 모두 멀쩡히 살아서 황제가 되어 왕국을 다스리고 있었다.

이 사실을 알게 된 악마는 불같이 화를 냈다.

"내가 직접 처리해야겠군."

악마는 먼저 세몬의 왕국으로 가 장군의 모습을 하고 세몬을 찾아갔다.

"세몬 폐하, 폐하가 위대한 군인이라는 말은 익히 들었습니다. 저 또한 그쪽 일을 잘 알고 있지요. 폐하를 모시고 싶습니다."

세몬은 악마에게 이것저것 질문을 해보고는 그가 똑똑하다고 생각되자 자신의 휘하에 받아들였다. 새로운 장군은 세몬에게 강력한 군대를 만드는 법을 알려주었다.

"세몬 폐하, 우선 더 많은 군사를 모아야 합니다. 지금은 많은 백성들이 폐하의 왕국을 할 일 없이 어슬렁거립니다. 젊은 남자들을 모두 예외 없이 소집할 필요가 있습니다. 그러면 전보다 다섯 배는 큰 군대가 생길 것입니다. 둘째, 소총과 대포를 새로 구입해야 합니다. 마치 콩을 흩뿌리듯이 한 번에 총알이 100개씩 발사되는 소총을 구해드리겠습니다. 또한 사람이든 말이든 벽이든 다 맞출 수 있는 대포를 구해드리겠습니다. 그 대포를 쓰면 모두 다 불태워버릴 수 있습니다."

황제 세몬은 새로운 장군의 말을 주의 깊게 듣더니 젊은 남자들은 모두 예외 없이 군인이 되도록 하였다. 그리고 새로운 무기를 만들 공장을 세워 새로운 소총과 대포를 만들고는 즉시 이웃 나라에 쳐들어갔다.

싸움이 벌어지자마자 황제 세몬은 총알을 쏘고 대포로 불태울 것을 명했고, 단번에 이웃 나라 군대의 절반을 불구로 만들거나 불태워버렸다. 이웃 나라의 황제는 겁을 먹고 직접 나서서 항복하며 자신의 왕국을 세몬에게 바쳤다. 황제 세몬은 기쁨에 넘쳤다.

"이제 인도 왕국을 공격해야겠다."

하지만 인도 왕국의 황제는 황제 세몬에 대한 소문을 이미 듣고 세몬이 사용한 방법을 도입하여 이미 가지고 있던 무기와 함께 사용했다. 인도 황제는 젊은 남자들을 군인으로 모집했을 뿐 아니라 결혼하지 않은 여성들도 모두 군인으로 만들었다.

그리하여 인도 황제의 군대는 세몬의 군대보다 더 규모가 커졌다. 게다가 인도 황제는 세몬의 소총과 대포 같은 무기도 받아들이고 또한 하늘을 날아다니면서 폭탄을 떨어뜨리는 방법까지 도입했다.

세몬은 인도 황제와의 전쟁에 나섰다. 세몬은 당연히 전과 마찬가지로 자신이 이길 것이라고 생각했지만 이미 한 번 사용한 낫은 날이 무뎌지는 법이다. 인도 황제는 세몬의 군대의 사정거리에 들어가지 않고 대신 여군을 보내어 하늘에서 폭탄을 떨어뜨리도록 하였다. 여자들은 바퀴벌레에게 붕산을 떨어뜨리는 것처럼 공중에서 세몬의 군대에 폭탄을 비오듯이 떨어뜨리기 시작했다. 세몬의 군대는 모두 철수했고 세몬만이 홀로 남았다. 인도 황제는 세몬의 왕국을 차지했고, 세몬은 그의 아내와 가까스로 탈출했다.

세몬을 처치한 악마는 이번에는 타라스 황제를 찾아갔다. 악마는 상인으로 둔갑하여 타라스의 왕국에 정착하고는 사람들에게 돈을 주기 시작했다. 악마는 모든 물건에 높은 가격을 쳐주었고, 사람들은 돈을 벌려고 그에게 몰려들기 시작했다. 돈을 많이 번 사람들은 빚을 다 갚았고 세금도 즉시즉시 내게 되었다.

타라스 황제는 매우 기뻐하였다.

"그 상인 덕분에 이제 나는 더 많은 돈을 벌게 되었구나."

타라스 황제는 새로운 계획에 착수했다. 자신이 머물 새로운 궁전을 짓기로 한 것이다. 타라스는 사람들에게 목재와 돌을 가져오고 자신의 궁전을 지으라고 명하고는 높은 값을 쳐주겠다고 했다. 그는 과거의 경험으로 볼 때 사람들이 돈을 벌려고 벌떼처럼 몰려들 것이라고 생각했다. 하지만 사람들은 목재와 돌을 모두 상인에게 가져갔고, 일꾼들도 모두 상인에게 몰려갔다. 타라스 황제가 가격을 올리자 상인은 타라스보다 가격을 더욱 올렸다. 타라스 황제는 돈이 많았지만 상인은 더 많았다. 상인이 타라스보다 가격을 더 잘 쳐주었다. 결국 황제의 궁을 세우려던 타라스의 계획은 중단되었다.

가을이 되자 타라스는 자신을 위한 공원을 만들기 위해 사람들을 불러 공원에서 일을 시키려 했다. 그러나 아무도 오지 않았다. 사람들은 모두 상인을 위한 호수를 파는 중이었기 때문이다.

겨울이 왔다. 타라스는 검은 담비 모피로 새 외투를 만들려고 담비 모피를 사오라고 시켰다. 하지만 전령은 돌아와서 말했다.

"검은 담비 모피가 하나도 없습니다. 상인이 전부 샀답니다. 상인은 높은 가격으로 담비 모피를 사서 융단을 만들었다는데요."

타라스 황제는 종마를 몇 마리 사려고 사람을 보냈지만 역시 빈손으로 돌아와서 이렇게 말했다.

"상인이 쓸 만한 종마는 모두 사가서 호수에 채울 물을 나르고 있답니다."

타라스가 추진하는 일은 모두 방해받았다. 아무도 그를 위해

어떤 일도 하려 하지 않았고 상인을 위한 일만 했다. 그리고 상인에게서 돈을 받아 세금을 냈다.

한편 황제는 돈을 너무 많이 거둬들이는 바람에 돈을 놔둘 곳이 없었고 생활은 힘들어졌다. 이제 황제는 더이상 계획을 세우지 않았다. 유일한 관심사는 목숨을 연명하는 것이었지만,

이조차도 불가능했다.

타라스에게는 모든 물자가 부족했다. 요리사와 마부는 타라스를 떠나 상인에게 가버려서 타라스에게는 먹을 것도 없었다. 시장에 먹을 것을 사러 보내도 아무것도 없었다. 상인이 모든 것을 다 사들여서 타라스에게는 그동안 거두어들인 세금밖에 남지 않았다.

타라스 황제는 분노하면서 상인을 국경 밖으로 쫓아냈다. 하지만 상인은 국경 바로 앞에 자리를 잡고 예전과 똑같이 모든 물건을 사들였다. 상인의 돈을 받기 위해 사람들은 물건을 모두 타라스가 아닌 상인에게 가져갔다. 황제의 삶은 피폐해져서 며칠씩이나 아무것도 못 먹을 때가 많았다. 상인이 황제와 왕비를 사겠다고 말하고 다닌다는 소문도 돌았다. 타라스 황제는 깜짝 놀랐지만 무엇을 어찌해야 할지 몰랐다.

그때 군인 세몬이 타라스를 찾아와서 말했다.

"도와줘! 인도 황제가 우리나라를 정복했어."

하지만 타라스 황제도 곤경에 처한 상황이었다.

"나도 이틀 동안이나 아무것도 못 먹었어요."

OII

두 형제를 끝장낸 악마는 마지막으로 이반을 찾아갔다. 악마는 장군의 모습으로 변장하여 이반에게 가서 군대를 만들라고 설득했다.

"군대가 없으면 황제라고 할 수 없습니다. 저에게 명령만 내리시면 백성들을 모아 군대를 만들겠습니다."

그러자 이반이 말했다.

"좋아, 군대를 만들어요. 대신 노래하는 법을 잘 가르쳐요. 난 그게 좋더라."

악마는 군대에 자원하는 사람에게는 보드카 한 병과 빨간 모자를 주겠다고 공고했다. 하지만 바보들은 웃음을 터뜨렸다.

"보드카라면 우리가 직접 만드니까 얼마든지 있어요. 또 모자라면, 여자들이 얼마든지 만들어줄 거요. 줄무늬가 들어간 모자나, 술이 달린 것까지도요."

결국 악마는 한 명의 군인도 얻지 못했다. 악마는 이반에게 가서 말했다.

"폐하의 나라 백성들은 모두 바보라서 자원입대를 하지 않으려고 합니다. 강제로 입대하게 해야 합니다."

"좋아요, 그럼 강제로 입대하게 하세요."

악마는 모든 사람들이 군대에 입대해야 하며, 입대하지 않는 사람은 이반이 사형에 처할 것이라고 말했다. 그러자 바보 백성들이 장군에게 와서 말했다.

"우리가 군인이 되지 않으면 황제님께서 우리를 사형에 처할 거라고 당신은 말하지만, 군대에서 무슨 일이 벌어지는지는 말해주지 않았잖아요. 군인들은 죽는다고 하던데요."

"그렇소, 하지만 이유가 있는 죽음이지."

이 말을 들은 바보 백성들은 더욱 완고하게 말했다.

"가지 않겠어요. 차라리 집에서 죽을래요. 어차피 죽는 것은 마찬가진데."

"당신들은 정말 바보로군. 군인들은 죽을 수도 있지만 안 죽을 수도 있소. 하지만 군인이 되지 않으면 이반 황제가 분명 당신들을 사형에 처할 것이오."

바보들은 잠시 생각해보더니 황제인 바보 이반에게 찾아가 물었다.

"어떤 장군이 나타나서 우리에게 군인이 되라고 명령합니다. 그 사람은 당신들이 군인이 되면 죽을 수도 있고 죽지 않을 수도 있다. 하지만 군인이 되지 않으면 이반 황제가 분명히 당신들을 사형에 처할 것이다'라고 말합니다. 그게 정말입니까?"

이반은 웃음을 터뜨렸다.

"나는 단 한 사람일 뿐인데 어떻게 이토록 많은 여러분을 죽이겠습니까? 내가 바보가 아니라면 설명을 해주겠지만 나도 이해가 되지 않는군요."

"그러면 우리는 가지 않겠습니다."

"좋아요, 가지 마세요."

바보들은 장군에게 가서 군인이 되지 않겠다고 말했다.

일이 잘 풀리지 않자, 악마는 변장을 하고 이웃 나라의 타라칸 황제를 찾아갔다.

"이반 황제를 칩시다. 이반 황제는 돈은 없지만 곡식과 가축 등 온갖 것이 다 있습니다."

타라칸 황제는 전쟁 준비를 했다. 그는 대군을 소집하여 소총과 대포를 준비하고 국경을 넘어 이반의 왕국으로 진입했다.

백성들이 이반에게 와서 말했다.

"타라칸 황제가 전쟁을 하러 오고 있습니다."

"좋아요, 놔두세요."

타라칸 황제는 이반의 군대를 정찰할 사람을 뽑아 보냈다. 정찰대는 열심히 조사했지만 군대라고는 보이지도 않았다. 그래서 그들은 어디선가 군인이 나타나기를 기다리고 또 기다렸다. 하지만 군인이라고는 흔적도 없었고, 싸울 대상도 전혀 없었다. 타라칸 황제는 군대를 보내 마을을 포위했다. 군인들이한 마을로 들어가자 바보들은 여자고 남자고 모두 달려나와 놀라움에 가득 찬 얼굴로 군인들을 바라보았다. 군인들은 바보들에게서 곡식과 가축을 빼앗았지만 바보들은 그냥 줘버릴 뿐 아무런 저항도 하지 않았다.

군인들은 다른 마을로 갔다. 거기서도 똑같은 일이 벌어졌다. 하루종일 군인들은 이 마을 저 마을을 다니며 약탈을 계속했다. 하지만 어디에서고 똑같은 일이 벌어졌다. 그들은 그냥다 줘버릴 뿐 아무도 저항하지 않았고, 오히려 군인들에게 자기네 나라로 와서 살라고 권하기까지 했다.

"당신네 나라에서 사는 것이 그렇게 힘들다면 우리와 함께 살아도 좋습니다. 우리나라로 오세요."

군인들은 행진하고 또 행진했지만 군대라고는 코빼기도 보이지 않았다. 사람들은 서로 나누어 먹으며 사이좋게 살고 있었고, 군인들에게 저항도 하지 않았으며 와서 살아도 좋다고만할 뿐이었다.

그러자 군인들은 지치기 시작했다. 그들은 타라칸 황제에게 돌아가 말했다.

"여기서는 싸울 수가 없습니다. 다른 곳으로 데리고 가주십시오. 차라리 전쟁이라도 하면 좋겠지만, 여기서는 푸딩을 자르는 것처럼 모든 것이 너무 쉽습니다. 여기서는 전쟁을 할 수가 없습니다."

타라칸 황제는 화가 나서 군인들에게 이반의 왕국을 모두 파괴시키라고, 즉 분쟁을 일으키고 마을과 집, 곡식에 불을 놓고, 가축을 죽이라고 명령했다.

"내 명령에 복종하지 않으면 모두 사형에 처할 것이다."

군인들은 겁을 먹고 황제가 시키는 대로 하였다. 군인들은 이반의 나라 곳곳을 다니면서 집과 곡식에 불을 지르고 가축을 죽이기 시작했다. 하지만 바보들은 여전히 저항하지 않고 그저 울 뿐이었다. 할아버지도 울고, 할머니도 울고, 어린아이들도 울었다.

"왜 우리에게 이런 짓을 하는 겁니까? 왜 곡식과 가축을 낭비하는 겁니까? 필요한 것이 있으면 그냥 가져가면 되잖아요!"

군인들은 더이상 견딜 수가 없어서 모두 철수해버렸다.

OI2

이렇게 악마는 다시 실패했다. 자신의 군대로는 이반을 도저히 무너뜨릴 수가 없었다.

악마는 훌륭한 신사로 변장하여 이반의 나라에 가서 살았다. 그는 타라스에게 했던 것처럼 돈으로 이반을 무너뜨릴 작정이었다.

"당신에게 좋은 기회를 드리고 싶소. 현명해지는 법을 가르쳐드리지요. 당신네 나라에서 사업을 시작하겠습니다."

"좋아요, 여기서 사세요."

이반이 말했다.

신사는 밤을 보내고 다음날 아침, 광장으로 가서 금화가 잔뜩 든 자루와 종이를 꺼내며 말했다.

"당신들은 모두 돼지처럼 살고 있습니다. 어떻게 살아야 하는지 가르쳐드리지요. 이 계획서에 따라 집을 지어주십시오. 일을 어떻게 하면 되는지 가르쳐드리고 나중에 금화로 대가를 지불하겠습니다."

악마는 사람들에게 금화를 보여주었다. 바보들은 신기하게 바라보았다. 그들은 돈을 사용하지 않고 물물교환을 하거나 대신 일을 해서 갚았기 때문이다. 그들은 금화를 신기해하며 말했다.

"작은 보석처럼 예쁘군."

사람들은 물건을 가져와 금화와 바꾸어 가거나 신사를 위해 일을 해주고 금화를 받아갔다. 악마는 타라스에게 그랬던 것처럼 금화를 가지고 하고 싶은 대로 할 수 있었다. 사람들은 온갖 물건을 가져와 금화와 바꾸었고, 금화를 얻기 위해 온갖 일을 해주었다.

악마는 기쁨에 넘쳐 혼잣말을 했다.

"계획대로 잘되고 있어. 타라스와 똑같이 저 바보 놈을 완전히 파멸시켜야지. 돈으로 완전히 사버릴 테다. 육체도 정신도."

바보들은 금화를 받자마자 목걸이로 만들라고 여자들에게 주었다. 여자들은 머리에 금화를 엮어 땋았다. 거리의 아이들까지도 금화를 장난감 삼아 가지고 놀았다. 하지만 모두들 어느 정도 금화를 갖게 되자 더이상 가져가지 않았다. 신사의 저택은 반밖에 완성되지 않았고, 이제 더이상 곡식이나 가축도 얻을 수 없었다. 신사는 금화를 줄 테니 자기 집으로 와서 일을 해달라고 부탁했고, 곡식과 가축을 비롯한 온갖 것들을 가져와서 여러 가지 일을 해달라고 사람들에게 말했다.

하지만 아무도 일을 하러 오지 않았고 아무것도 가지고 오지 않았다. 가끔씩 어린아이들이 달걀을 가지고 와서 금화와 바꿔 달라고 했지만 그외에는 아무도 오지 않았고, 곧 악마는 먹을 것이 다 떨어졌다.

악마는 계속 굶주리다가 저녁을 사 먹으려고 마을로 나갔다. 그는 한 집으로 가서 금화를 줄 테니 암탉을 한 마리 달라고 했지만 여자는 거절했다.

"그런 것은 많아요."

악마는 다시 가난한 농부 여인의 오두막으로 가서 금화를 주며 청어를 사려고 했다.

"그런 것은 필요 없답니다, 나으리. 저희 집에는 그걸 가지고 놀 아이가 없거든요. 게다가 벌써 세 개나 얻었는걸요."

악마는 빵을 얻으려고 농부에게 찾아갔지만 농부 역시 돈을 받으려 하지 않았다.

"필요 없소. 하지만 주님의 이름으로 구걸하는 것이라면 잠시 기다리시오. 아내에게 말해 빵을 한 조각 주라고 할 테니."

악마는 침을 뱉고 급히 농부의 집을 떠났다. 그는 '주님의 이름으로'라는 말을 견딜 수가 없었다. 그 말을 듣기만 해도 칼에 벤 것보다 더 아팠다.

결국 그는 빵을 얻지 못했다. 사람들은 이미 금화가 충분했던 것이다. 악마가 가는 곳마다 아무도 그에게 돈을 받으려고 하지 않았고 단지 이렇게 말할 뿐이었다.

"다른 걸 가져오세요."

"와서 일을 하세요."

"주님의 이름으로 드릴 테니 가지세요."

하지만 악마에게는 돈밖에 없었고 일을 하고 싶지도 않았으며 '주님의 이름으로'라는 말은 더욱더 견딜 수가 없었다. 악마는 점점 화가 났다.

"돈을 주겠다는데 더이상 뭘 바라는 겁니까? 금화가 있으면 무엇이든 살 수 있고 무슨 일이든 할 수 있단 말입니다."

하지만 바보들은 그의 말을 듣지 않았다.

"아니, 우린 돈이 필요 없어요. 여기서는 세금도 내지 않고 일을 한 대가로 돈을 주지도 않는단 말이에요. 왜 돈이 필요하겠어요?"

악마는 저녁도 먹지 못하고 잠자리에 들었다.

이 소식이 바보 이반에게 전해졌다. 사람들이 와서 이반에게 물었다.

"어떻게 해야 합니까? 이 신사가 갑자기 나타났습니다. 그 사람은 좋은 음식을 먹고 마시기를 좋아하고 좋은 옷을 입고 싶어하지만 일은 하고 싶지 않다고 해요. 게다가 주님의 이름으로 베푸는 자선도 거절합니다. 대신 여기저기서 금화를 주려고 하지요. 지금까지는 금화를 받고 필요한 것을 주었지만 이제 금화가 충분하기 때문에 더이상 아무것도 줄 수가 없습니다. 어떻게 해야 하죠? 그 사람은 굶어 죽어가고 있어요."

사람들의 말에 이반이 말했다.

"좋아요, 우리가 먹여줍시다. 그 사람이 집집마다 돌아다니면서 얻어먹게 하세요."

할 수 없이 악마는 이 집 저 집으로 돌아다니게 되었다. 시간이 흘러 마침내 악마는 이반의 집까지 오게 되었다.

악마가 저녁을 먹으러 왔을 때, 마침 이반의 여동생 말라냐가 식사 준비를 하고 있었다.

게으른 사람들은 그동안 말라냐를 종종 속여왔다. 게으른 사람들은 일도 다

끝내지 않고 쉬는 시간이 되기도 전에 저녁을 먹으러 와서 음식을 다 먹고 빈둥거렸다. 이런 일로 그동안 손해를 봐온 말라냐는 경험을 바탕으로 게으른 사람을 구분하는 법

을 배웠다. 말라냐는 손이 거친 사람은 식탁에 앉혔지만 손이
고운 사람은 할퀴어주었다.

악마가 식탁 앞에 앉자 말라냐는 손을 잡아서 악마의 손을 유
심히 살펴보았다. 하지만 손에는 못이 박힌 부분이 없고 깨끗
하고 부드러웠으며 손톱도 길었다. 말라냐는 화를 내며 악마를
식탁 앞에서 끌어내려 했다.

이반의 아내가 악마에게 말했다.

"기분 나빠하지 마세요. 제 시누이는 손에 굳은살이 없는 사
람은 식탁 앞에 앉지 못하게 한답니다. 자, 조금만 참으세요. 남
자들 식사가 다 끝나가니 남은 것을 드시면 돼요."

악마는 화가 났다. 황제의 집에서 돼지처럼 먹다 남은 음식
을 먹으라고 하다니! 그는 이반에게 말했다.

"당신네 나라의 법은 멍청합니다. 사람들이 모두 손을 써서
일을 하다니, 정말 멍청한 짓이에요. 왜 사람들이 손만 써서 일
을 합니까? 똑똑한 사람들이 어떻게 일을 하는지 아십니까?"

이반이 대답했다.

"우리는 모두 바보인데, 어찌 알겠어요? 우리는 늘 거의 모든
일을 손과 허리를 사용해서 하는데요."

"그래서 바보라는 겁니다. 제가 머리를 써서 일하는 법을 알

려드리지요. 그러면 머리로 하는 일이 손으로 하는 일보다 훨씬 이익이라는 것을 알게 될 것입니다."

이반은 깜짝 놀랐다.

"아, 그래서 우리더러 바보라고 하는군요."

악마가 말했다.

"하지만 머리를 쓴다는 것이 쉬운 일은 아닙니다. 내 손에 굳은살이 없다고 해서 당신과 함께 식사하지 못하도록 하지만, 머리로 하는 일이 백 배는 더 어렵다는 사실을 모르시는 겁니다. 가끔은 머리가 쪼개질 것같이 아프기도 하지요."

이반은 곰곰이 생각해보았다.

"음, 그렇다면 왜 스스로를 그렇게 괴롭게 하는 거지요? 머리가 쪼개지면 기분이 좋은가요? 쉬운 일을 하는 게 낫겠어요, 손이랑 허리로."

악마가 말했다.

"내가 왜 당신네 같은 바보들에게 이렇게 신경을 써야 합니까? 하지만 내가 가르쳐주지 않으면 당신네들은 영원히 바보로 남을 겁니다. 나는 머리로 일을 하는 법을 아니까 당신들에게 가르쳐주겠소."

이반은 놀라워하며 말했다.

"그럼 가르쳐주세요. 손이 힘들어지면 머리로 일을 해볼게 요."

그래서 악마는 사람들에게 머리로 일하는 법을 가르쳐주기로 했다.

이반은 머리로 일하는 법을 가르쳐줄 신사가 왔으며, 머리로 일을 하면 손으로 일하는 것보다 더 많은 일을 할 수 있으니 와서 배우라는 포고문을 내렸다.

이반의 왕국에는 높은 탑이 하나 있었는데, 가파른 계단을 통해 올라가야 했다. 탑의 꼭대기에는 연단이 하나 있었다. 이반은 모든 사람들이 보이게끔 그를 그곳으로 데리고 갔다.

신사는 탑 위에 올라가서 이야기를 시작했다. 바보들은 그를 보려고 몰려들었다. 그들은 신사가 손을 쓰지 않고 머리를 써서 일을 하는 방법을 보여줄 것이라고 기대했다. 하지만 악마는 일을 하지 않고도 살 수 있다는 이야기만 계속할 뿐이었다.

바보들은 이해가 되지 않았다. 사람들은 계속 신사를 빤히 쳐다보다가 각자 일을 하러 흩어져버렸다.

악마는 내내 이야기하면서 탑 위에서 하루를 보냈고, 또 하루를 보냈다. 그러자 배가 고프기 시작했다. 하지만 바보들은 탑 위로 빵을 가져다주어야겠다는 생각은 하지 않았다. 신사는 머리를 써서 일하는 법을 아니까 빵을 가져다줄 필요가 없을 것이라고 생각한 것이었다.

악마는 계속 이야기를 하면서 탑 위에서 하루를 더 보냈다. 사람들은 와서 올려다보다가 다시 가버렸다.

이반이 사람들에게 물어보았다.

"신사가 머리를 써서 일하기 시작했습니까?"

"아직예요. 지금도 이야기를 계속하고 있답니다."

사람들이 대답했다.

악마는 다음날도 연단에 서서 이야기를 계속했고 지쳐가기 시작했다. 어느 순간 악마는 비틀거리다가 기둥에 머리를 부딪쳤다. 한 바보가 그 모습을 보고 이반의 아내에게 알려주었다. 이반의 아내는 남편이 일하고 있는 밭으로 가서 그 소식을 알렸다.

"같이 가서 봐요. 신사가 머리를 써서 일하기 시작했대요."

"정말이오?"

이반은 깜짝 놀라 물으며 말을 돌려 탑 쪽으로 갔다.

이반이 도착할 때가 되자 악마는 배고픔에 지쳐서 비틀거리며 머리를 기둥에 계속 부딪쳤다.

이반이 도착하자 악마는 비틀거리다가 요란한 소리를 내며 계단에서 거꾸로 굴러 떨어졌다.

"가끔은 머리가 깨지기도 한다는 말이 사실이었군. 손을 쓰면 굳은살이 박히듯 머리를 쓰면 그렇게 되는 모양이야. 저렇게 계속 머리를 부딪치다니."

악마는 계단에 머리를 계속 부딪치며 내려왔고 땅에 처박혔다. 악마가 일을 많이 했는지 보려고 이반이 다가가는데 갑자기 땅이 갈라지면서 악마는 땅속으로 떨어지고 구멍만이 하나 남았다.

이반은 머리를 긁으며 말했다.

"이런 더러운 것! 또 나왔잖아. 아마 그놈들의 아비였나보다."

이반은 악마에게 지지 않았고, 사람들은 그의 왕국으로 모여들었다. 이반의 형들도 그를 찾아왔고, 이반은 형들을 먹여 살렸다. 누구든 와서 "먹을 것을 좀 주세요"라고 말하면 이반은 "좋아요, 어서 오세요. 우리는 먹을 것이 아주 많답니다"라고 말했다.

하지만 그의 왕국에는 단 한 가지 규칙이 있었다. 바로 누구든지 손에 굳은살이 박힌 사람은 식탁 앞에 앉아 식사를 하지만, 그렇지 않은 사람은 남은 음식을 먹어야 한다는 것이었다.

사람은 무엇으로 사는가

우리가 형제를 사랑함으로 사망에서 옮겨 생명으로 들어간 줄을 알거니와 사랑치 아니하는 자는 사망에 거하느니라. 요한일서 3장 14절

누가 이 세상 재물을 가지고 형제의 궁핍함을 보고도 도와줄 마음을 막으면 하나님의 사랑이 어찌 그 속에 거할까 보냐. 자녀들아 우리가 말과 혀로만 사랑하지 말고 오직 행함과 진실함으로 하자. 요한일서 3장 17~18절

사랑은 하나님께 속한 것이니 사랑하는 자마다 하나님께로 나서 하나님을 알고, 사랑하지 아니하는 자는 하나님을 알지 못하나니 이는 하나님은 사랑이심이라. 요한일서 4장 7~8절

어느 때나 하나님을 본 사람이 없으되 만일 우리가 서로 사랑하면 하나님이 우리 안에 거하시고 그의 사랑이 우리 안에 온전히 이루느니라. 요한일서 4장 12절

하나님은 사랑이시라. 사랑 안에 거하는 자는 하나님 안에 거하고 하나님도 그 안에 거하시느니라. 요한일서 4장 16절

누구든지 하나님을 사랑하노라 하고 그 형제를 미워하면 이는 거짓말하는 자니, 보는 바 그 형제를 사랑치 아니하는 자가 보지 못하는 바 하나님을 사랑할 수가 없느니라. 요한일서 4장 20절

OI

구두장이와 그의 아내가 아이들과 함께 농부의 집에 세 들어 살고 있었다. 집도, 땅도 없는 구두장이는 구두 만드는 일로 식구들과 먹고살았다. 빵은 비쌌고 구두장이 삯은 시원치 않아서 버는 돈은 전부 식비로 들어갔다.

구두장이와 아내는 슈바_{양털이나 양가죽으로 만들어 옷 위에 걸쳐입는 것} 한 벌을 서로 번갈아가며 입어야 했다. 그나마도 낡아서 새 슈바용 양가죽을 사기 위해 지난 2년 동안 돈을 모아왔다.

가을이 오자 돈이 꽤 모였다. 아내가 상자에 모아둔 돈이 3루블_{러시아 화폐단위}이었고 손님에게 받을 돈이 5루블 20코페이카가량이었다.

어느 날 아침, 구두장이는 슈바를 사러 마을에 가기 위해 일찌감치 차비를 했다. 그는 셔츠 위에 아내의 솜저고리를 입고 카프탄_{소매가 넓은 모직 옷}을 걸치고 주머니에 지폐 3루블을 넣고 지팡이를 챙긴 후 아침을 먹고 집을 나섰다. 구두장이는 생각했다.

'농부에게 5루블을 받을 테니까, 지금 있는 3루블로는 슈바용 가죽을 사면 되겠다.'

마을에 도착한 구두장이는 농부의 집을 찾아갔다. 하지만 농부는 집에 없었다. 농부의 아내는 다음 주에 남편을 통해 돈을 보내겠다며 지금 당장은 돈을 줄 수 없다고 했다. 구두장이는 또 다른 농부에게 갔지만 그 역시 지금 가진 돈이 맹세코 단 한 푼도 없다고 말했다. 하지만 장화를 수선해달라면서 20코페이카를 주었다.

구두장이는 외상으로 가죽을 사려고 마음먹었다. 하지만 가죽장수는 그렇게는 팔 수 없다고 했다. 가죽장수가 말했다.

"돈을 가져오쇼. 그런 다음 물건을 골라요. 나중에 돈을 받는 게 얼마나 힘든 일인지 당신도 잘 알잖수."

결국 구두장이는 아무것도 사지 못했다. 하지만 주머니에는 3루블 말고도 장화 수선비로 받은 20코페이카가 들어 있었고, 농부에게서 가죽으로 기워야 할 낡은 펠트 장화 한 켤레도 받았다.

처음에는 구두장이도 기분이 좋지 않았지만 20코페이카로 보드카를 마시자 기분이 한결 나아졌다. 그는 집을 향해 출발했다. 아침에는 추웠지만 술을 마시고 나니 슈바 없이도 견딜 수 있을 만큼 몸이 따뜻해졌다.

구두장이는 한 손에 든 지팡이로 꽁꽁 언 땅을 내리치면서 길을 따라 걸어갔다. 그리고 나머지 한 손에 든 펠트 장화를 흔들며 중얼거렸다.

"슈바 없이도 따뜻한걸. 술을 한잔했더니 핏속에서 끓어오르네. 양털 외투 따위는 필요 없지. 이렇게 걸으니 속상한 일도 다 잊어버렸고. 난 정말 좋은 사람이야! 필요한 게 대체 뭐람? 슈바 없이도 이렇게 잘 지내는데 말이야. 슈바는 필요 없어. 그런데 한 가지, 아내는 기분이 안 좋을 거야. 그게 참 마음에 걸리네. 슈바를 사려고 열심히 일했는데 못 샀으니……. 당신, 거기서 기다려! 돈을 안 가져오면 당신 모자라도 가져가겠어. 맹세코 그러겠다고! 그래야 하고말고! 한번에 20코페이카를 주다니! 20코페이카로 대체 뭘 하란 말이야? 술 한잔했더니 끝이잖아! 당신은 자신이 가난하다고 생각하겠지만, 그럼 나 같은 사람은 어떻게 하라고? 당신은 집도 있고, 가축도 있고 다 있잖아. 하지만 내가 가진 것이라곤 이 두 손밖에 없어. 당신은 먹을 곡식을 직접 키우지만 난 돈 주고 사야 한단 말이야. 그것도 돈이 있을 때만 살 수 있지. 먹을 것 사는 데에만 일주일에 3루블이나 들어. 집에 가면 빵도 다 떨어지고 없을 거야. 1루블하고 반이 또 나갔지! 그러니까 내 돈을 빨리 달란 말이야."

구두장이가 네거리 성당 앞을 지날 때, 성당 뒤에서 무언가 흰색 물체가 보였다. 황혼이 내린 뒤라 어두워서 눈을 크게 뜨고 그쪽을 바라보았지만 도대체 그것이 무엇인지 알 도리가 없었다.

"저기에 저런 돌은 없었는데⋯⋯, 소인가? 아니, 소처럼 생기진 않았는데! 머리가 꼭 사람 같네. 그런데 하얀 건 뭐지? 저기에 왜 사람이 있는 거야?"

구두장이는 가까이 다가갔다. 이제는 잘 보였다. 그런데 정말 이상한 일이 아닐 수 없었다. 그의 예상대로 정말 사람이었다. 죽었나, 살았나? 그 사람은 완전히 벌거벗은 채 성당에 몸을 기대고 앉아 조금도 움직이지 않았다.

구두장이는 겁에 질렸다.

'누가 사람을 죽여서 옷을 벗기고 저기에 버려두고 갔나봐. 가까이 가면 나도 말려들지 몰라.'

구두장이는 서둘러 걸음을 옮겼다.

성당을 지나치자 더이상 그 사람의 모습이 보이지 않았다. 하지만 한참을 걸어가던 구두장이는 다시 뒤를 돌아보았다. 그 사람이 아까와는 달리 조금씩 몸을 움직이고 있었다. 마치 구두장이를 따라오는 것처럼 보였다.

그 모습을 보자 구두장이는 아까보다 훨씬 더 겁이 났다.

'다시 돌아가야 하나? 만일 가면 안 좋은 일이 생길지도 몰라. 그가 어떤 작자인지 내가 알 게 뭐야? 분명 좋은 일로 거기 있는 건 아닐 거야. 그 사람에게 갔다가 내게 덤벼들어 목이라도 조르면 어떻게 해. 그럼 난 도망가지도 못할 거야. 만일 목을 조르지 않는다 해도 내가 그 사람을 굳이 아는 척할 필요는 없잖아? 저렇게 벌거벗고 있다니 분명히 무슨 일이 생긴 거야. 그렇다고 우리 집에 데려가 내 옷을 줄 수도 없는 노릇인데……. 그건 말도 안 되지.'

구두장이는 발걸음을 재촉했다.

성당을 지나 한참을 가는데, 갑자기 양심에 무언가가 걸리기 시작했다. 그는 걸음을 멈추었다.

'지금 대체 뭐하는 거야, 세몬! 저 사람은 추위에 떨며 죽어가고 있는데, 겁을 내고 도망을 간단 말이야? 너 그렇게 부자야? 돈을 빼앗길까봐 겁이 나? 이봐, 세몬! 그건 옳지 않아!'

세몬은 얼른 남자에게 돌아갔다.

O2

세몬은 남자를 자세히 들여다보았다. 한창 나이인 젊은이였다. 몸에 상처는 없었지만 겁에 질려 벌벌 떨고 있었다. 벽에 몸을 기대고 앉은 그는 세몬을 쳐다보지 않았다. 기운이 없어 눈을 뜰 힘조차 없는 듯했다.

세몬이 가까이 다가갔더니 남자는 갑자기 힘이 솟는 듯 고개를 들어 세몬을 바라보았다. 그의 눈빛은 세몬의 마음을 사로잡았다. 세몬은 펠트 장화를 팽개치고 허리띠를 풀어 내려놓았다. 그러고는 카프탄을 벗었다.

"할 말이 없군. 어서 이거라도 입어요, 어서!"

세몬은 남자의 겨드랑이에 팔을 넣어 힘껏 일으켰다. 그가 자리에서 일어났다. 그의 몸에서는 품위가 넘쳤고 깨끗하기도 했다. 손발은 여자처럼 보드라웠고 얼굴은 미남이었다. 세몬은 남자의 어깨에 카프탄을 걸쳐주었다. 하지만 소매에 손을 넣을 수는 없었다. 세몬은 자리를 잡고 외투를 벗어 그에게 둘러주고는 허리띠로 묶었다. 세몬은 낡은 모자를 벗어 남자에게 주려 했지만 머리가 시렸다.

'난 대머리니까 모자는 내가 쓰는 게 낫겠다. 이 사람 머리는

길고 숱도 많잖아.'

세몬은 모자를 다시 썼다.

'내 장화를 신기는 게 좋겠어.'

세몬은 남자를 다시 앉힌 후 장화를 신겼다. 남자에게 대충 옷을 입힌 다음 세몬이 말했다.

"이봐요, 몸을 좀 움직여봐요. 그러면 몸이 조금이라도 따뜻해질 거예요. 이제 됐어요. 걸을 수 있겠소?"

남자는 일어서서 따뜻한 눈길로 세몬을 바라보았다. 하지만 한마디 말도 하지 않았다.

"무슨 말이라도 좀 하지 그래요? 여기서 겨울을 보낼 수는 없어요. 자, 힘이 없으면 내 지팡이에 몸을 좀 기대요. 자, 해봐요!"

마침내 남자가 조금씩 움직이기 시작했다. 천천히 걷기는 했지만 뒤처지지는 않았다. 두 사람은 길을 따라 같이 걸었다. 세몬이 입을 열었다.

"괜찮으시다면, 고향이 어딘지 물어도 되겠소?"

"이 근처 사람은 아닙니다."

"그럼요. 여기 사람은 제가 다 아는걸요. 어쩌다가 여기까지 와서 그 성당 앞에 있게 되었소?"

"말씀드릴 수 없습니다."

"어떤 사람이 몹쓸 짓을 했나보
군요."

"누구도 제게 몹쓸 짓을 하지는
않았습니다. 신이 제게 벌을 내
린 거지요."

"모든 게 신의 뜻이기는 하죠. 하지만 어딘가를 가는 길이었을 텐데. 어디 가려는 데가 있소?"

"제겐 어디든 상관없습니다."

세몬은 놀랐다. 남자는 전혀 나쁜 사람처럼 보이지 않았고 말투는 점잖기만 했다. 하지만 자기 이야기는 좀처럼 하지 않았다.

세몬은 중얼거렸다.

"이런 일은 매일 일어나는 게 아니지."

그리고 남자에게 말을 건넸다.

"그럼, 조금 좁긴 하지만 우리 집으로 갑시다."

세몬이 큰길로 접어들자 남자는 뒤처지지 않고 나란히 걸었다. 바람이 세져서 세몬의 옷자락 안으로 파고들었다. 술기운이 가신 뒤라 세몬은 뼛속까지 시리기 시작했다. 세몬은 걸어가면서 콧물을 훌쩍거리기 시작했고, 아내의 저고리를 몸 가까이 여몄다.

'슈바를 샀어야 했어. 슈바를 사러 가서는 카프탄도 없이 돌아오다니! 그뿐만이 아니지. 벌거벗은 남자까지 데려가니, 마트료나가 친절하게 받아주지 않을 거야!'

마트료나 생각이 떠오르자 세몬은 갑자기 침울해졌다. 하지만 남자를 바라보자 세몬은 성당 뒤에서 자기를 바라보던 그의 표정이 떠올랐고 가슴속에서 기쁨이 솟아올랐다.

O3

세몬의 아내는 그날 일을 일찍 끝냈다. 장작을 패놓고, 물을 길어오고, 아이들을 먹이고 나서 자기도 저녁을 먹었다. 지금은 빵을 언제 만들면 좋을지 생각하고 있는 중이었다.

'오늘 할까, 아니면 내일?'

아직 큰 덩어리가 하나 남아 있었다.

'세몬이 오늘 마을에서 무엇이든 좀 먹었다면 저녁 생각은 별로 없을 거야. 그러면 빵은 내일까지 남아 있겠지.'

마트료나는 한참 동안 빵 생각을 했다.

'그럼, 오늘은 빵을 만들지 말아야지. 아직 빵을 만들 한 덩어리 정도의 밀가루가 남았으니까. 어떻게든 금요일까지는 버틸 수 있을 거야.'

마트료나는 빵 반죽을 한쪽으로 밀어놓고 탁자에 앉아 남편의 윗도리에 천을 대고 꿰매기 시작했다. 바느질을 하면서 남편이 사올 양가죽을 떠올렸다.

'가죽장수에게 속지 말았어야 할 텐데. 정말 단순한 사람이라서 말이야. 남을 속이는 사람은 절대 아닌데, 너무 순진해서 아마 아기한테도 당할 거야. 8루블은 적은 돈이 아니지. 그거면 좋은 슈바를 살 수 있을 거야. 무두질한 건 아니더라도 꽤 괜찮은 걸로 살 수 있겠지. 지난 겨울 슈바 없이 얼마나 고생을 했는데! 강가고 뭐고 아무 데도 가지 못했지. 남편이 외출할 때마다 집에 있는 옷을 다 입고 나가는 바람에 나는 걸칠 옷이 하나도 없었어. 오늘따라 늦네. 지금쯤 왔어야 하는데. 술이라도 한잔 했나?'

이런 생각이 막 스쳐갈 때 문에서 삐걱거리는 소리가 났다. 문 앞에 누가 왔다는 소리였다. 마트료나는 바늘을 꽂아두고 문으로 갔다. 문 앞에는 남자 두 명이 서 있었다. 한 명은 세몬이었고, 다른 한 명은 낯선 남자였다. 펠트 장화를 신은 남자는 머리에 모자도 쓰고 있지 않았다.

마트료나는 즉시 남편 입에서 술 냄새를 맡았다.

'술을 잔뜩 마셔 취했네.'

마트료나는 남편이 카프탄도 없이 자기 솜저고리만 걸친 모습을 보았다. 남편은 손에 아무것도 들고 있지 않았다. 그리고 아무 말없이 배시시 웃기만 했다. 마트료나는 가슴이 무너져내렸다.

'받은 돈으로 전부 술을 마셔버렸구나! 저 불쌍한 거지랑 낄낄거리며 다 마셔버렸어. 게다가 집에까지 데리고 오다니!'

마트료나는 두 사람을 안으로 들어오게 했다. 그리고는 자기도 안으로 들어섰다. 낯선 남자는 꽤 젊어보였고 남편의 카프탄을 걸치고 있었다. 하지만 카프탄 속에는 아무것도 입지 않았고 모자도 쓰고 있지 않았다.

그는 집 안으로 들어서자마자 그 자리에 멈추어서서 꼼짝도 하지 않았다. 심지어는 눈조차 들지를 않았다.

'착한 사람이 아닌가봐. 양심에 뭔가 거리낌이 있어보여.'

마트료나는 못마땅한 얼굴로 오븐 쪽으로 가서는 두 사람이 어쩌나, 하고 바라보았다.

세묜은 모자를 벗고 기분 좋게 긴 의자 위에 앉았다.

"저, 마트료나. 먹을 거 좀 갖다주겠어?"

마트료나는 들릴 듯 말 듯한 소리로 구시렁거리기만 할 뿐 꼼짝할 기미도 보이지 않았다. 대신 오븐 곁에 서서 한 사람씩 바라보며 고개만 내저었다.

평소 아내가 기분이 언짢으면 미동도 하지 않는다는 걸 알았지만 세묜은 일부러 모르는 척했다. 그는 남자의 팔을 잡았다.

"여기 앉아요. 저녁을 함께 먹읍시다."

남자는 의자에 앉았다.

"저기, 뭐 요리해놓은 것 없어?"

마트료나의 화가 폭발했다.

"요리는 했지만 당신 몫은 아니에요. 당신 참 대단한 사람이 군요! 술을 마시다니요! 슈바를 사러 가서 카프탄도 없이 오고. 게다가 웬 벌거벗은 부랑자를 집에 데려오질 않나. 당신 같은 주정뱅이한테 줄 음식은 하나도 없어요!"

"그만 됐어, 마트료나. 그렇게 퍼부어봤자 무슨 소용이야? 이 사람이 누군지 물어보면 되잖아."

"갖고 간 돈으로 대체 뭘 했는지나 말해요!"

세몬은 카프탄에서 돈을 꺼내어 펼쳐보았다.

"돈은 여기 있소. 트리프노프가 돈을 주질 않았어. 내일 준다고 하더군."

마트료나는 그 말을 듣고 더 화를 냈다.

"슈바도 사지 않고, 하나밖에 없는 카프탄을 저 벌거벗은 부랑자한테 줘버리고, 그것도 모자라서 집으로 데려와요?"

마트료나는 탁자 위의 돈을 낚아채듯 집어들고 숨기러 가면서 말했다.

"나도 저녁 안 먹었어요. 술 취한 사람들한테 먹을 것을 줄 순 없어요."

"이봐, 마트료나! 말조심하지! 우선 내 말 좀 들어봐."

"주정뱅이한테 들을 말이 뭐가 있겠어요! 당신 같은 주정뱅이랑 결혼하지 않았어야 하는데. 어머니가 주신 리넨천으로 몽땅 술을 마셔버리지를 않나, 슈바를 사러 가서는 또 술을 먹어버리고."

세몬은 아내에게 술값으로 20코페이카밖에는 쓰지 않았다고 말하려 했다. 그리고 낯선 남자를 어디서 만났는지도 말하려 했지만 마트료나는 말할 기회조차 주지 않았다. 정말 놀랍게도 마트료나는 한 번에 두 마디씩 쏟아내면서 10년 전에 있었던 일까지 끄집어냈다. 마트료나는 두 사람을 몰아세우며 쉬지 않고 잔소리를 해댔다. 그리고는 세몬에게 달려가서 소맷자락을 움켜쥐었다.

"내 저고리 내놔요! 하나밖에 없는 옷인데 가져가서 입었잖아요. 어서 내놔요. 형편없는 사람 같으니! 정신 차리라고요. 나쁜 사람!"

세몬은 저고리를 벗기 시작했다. 소매에서 팔을 빼고 있는데 아내가 순간 잡아당기는 바람에 솔기가 뜯어졌다. 마트료나는 옷을 잡아채서 머리 위로 덮어쓰고는 문 쪽을 향해 갔다. 그녀는 막 나가려다가 갑자기 멈추어섰다. 가슴속에 두 가지 생각이 교차했다. 화를 쏟아내고 싶은 마음과, 저 남자가 대체 누구인지 알아나보자는 생각이었다.

04

마트료나는 제자리에 멈춰서서 말했다.

"만일 저 사람이 착한 사람이라면 저렇게 벌거벗고 있지 않았을 거예요. 셔츠도 걸치지 않았잖아요. 그리고 저 남자가 제대로 된 일을 하는 사람이라면 당신도 저 대단한 사람을 어디서 만나게 되었는지 벌써 말을 했겠죠!"

"글쎄, 안 그래도 막 얘기하려고 했소. 내가 길을 걷고 있는데, 성당 뒤에 이 남자가 앉아 있더라고. 완전히 벌거벗고서는 금방이라도 얼어 죽을 것 같았지. 여름도 아닌데 벌거벗고 있다니 말이야! 그때 신이 나를 이 사람에게 인도했어. 그렇지 않았다면 이 사람은 벌써 죽었을 거야. 내가 뭘 어떻게 할 수 있었겠어? 그런 일은 늘 있는 게 아니잖아. 내가 이 사람에게 할 수 있는 일이라곤 옷을 입혀 집으로 데려오는 일뿐이었어. 그러니 화를 좀 가라앉혀. 사람을 죽게 내버려두는 건 죄야, 마트료나.

사람은 어차피 죽게 되지만."

마트료나는 퉁명스럽게 말을 받아치려고 했지만 남자를 바라보자 자신도 모르게 마음에 평화가 솟구치는 것을 느꼈다.

남자는 성당 뒤에서 있었던 것처럼 꼼짝 않고 의자 한쪽 구석에 앉아 있었다. 두 손을 무릎 위에 모아놓고는 고개를 가슴까지 숙이고 눈을 지그시 감고 있었다. 무언가가 목을 조르기라도 하는 듯 얼굴을 찌푸린 채였다.

마트료나는 아무 말도 하지 않았다.

세몬이 말을 이었다.

"마트료나, 당신 마음속에 신은 없는 거야?"

남편의 말에 마트료나는 다시 한 번 남자의 얼굴을 바라보았다. 그 순간 그녀의 화가 갑자기 눈 녹듯 사라졌다. 마트료나는 문 앞에서 다시 몸을 돌려 오븐이 있는 한쪽 구석으로 가서 저녁을 준비해왔다.

마트료나가 식탁 위에 대접을 놓고 크바스를 부어주자 두 남자는 저녁을 먹기 시작했다. 마트료나는 식탁 한쪽 끝자리에 앉아 턱을 괴고 남자를 물끄러미 바라보았다. 남자가 가엾다는 생각이 들기 시작하

더니 그에게 연민이 느껴졌다.

갑자기 남자의 얼굴이 밝아졌다. 그는 인상을 펴고 눈을 들어 마트료나를 바라보고 미소를 지었다.

저녁을 먹고 마트료나는 상을 치운 후 남자에게 질문을 던지기 시작했다.

"고향이 어디에요?"

"이 근처 사람은 아닙니다."

"어쩌다가 여기까지 오게 되었나요?"

"말씀드릴 수 없습니다."

"누가 당신에게 이렇게 몹쓸 짓을 한 거죠?"

"신이 벌을 내리신 겁니다."

"그래서 벌거벗은 채 길에 있었다고요?"

"그렇습니다. 벌거벗은 채 얼어 죽기 직전이었죠. 그때 세몬이 절 보고 가엾게 여겨 자기 카프탄을 벗어주었어요. 그리고 자기 집으로 가자고 했죠. 또한 당신은 제게 먹을 것과 마실 것을 주고 날 불쌍히 여겨주었어요. 신께서 당신에게 복을 내리실 겁니다!"

마트료나는 자리에서 일어났다. 그리고 기우다가 창가에 두었던 세몬의 낡은 윗도리를 가지고 와서 남자에게 건네주었다.

속바지도 꺼내주었다.

"여기요. 윗도리도 안 입은 것 같던데, 이걸 입어요. 그리고 다락이든 화덕 근처든 당신 편한 데로 가서 좀 누우세요."

남자는 카프탄을 벗고 마트료나가 준 옷을 입었다. 그리고 다락에 있는 침대로 갔다. 마트료나는 불을 끄고 카프탄을 가져와 남편 곁에 누웠다.

카프탄 자락을 이불 삼아 덮고 누웠지만 마트료나는 쉽게 잠이 오지 않았다. 머릿속에서 낯선 남자 생각이 떠나지를 않았다. 집에 있던 빵을 남자가 다 먹어치웠기 때문에 내일 먹을 양식이 하나도 없다는 생각도 떠올랐다. 윗도리와 속바지도 남자에게 줘버렸다는 게 생각나 마음이 불편했다. 하지만 남자의 미소 짓는 얼굴이 떠올라 다른 한편으론 가슴이 벅차올랐다.

마트료나는 한참을 그대로 누워 있었다. 그러다가 세몬이 깨는 소리에 카프탄을 걷어내며 입을 열었다.

"여보!"

"응?"

"아까 집에 있던 빵을 다 먹었어요. 이제 더이상 먹을 것이 없어요. 내일부터 어떻게 해야 할지 통 모르겠네요. 어쩌면 옆집 말라냐에게 가서 빌려와야 되는 건 아닌지……."

"어떻게든 되겠지. 다 잘될 거야."

마트료나는 말없이 그대로 누워 있다가 다시 말했다.

"저기, 저 사람 좋은 사람 같아요. 그런데 왜 자기 얘기는 통하지 않을까요?"

"분명 그럴 만한 사정이 있겠지."

"여보!"

"왜?"

"우린 늘 남들에게 주기만 하는군요. 왜 우리에게 베풀어주는 사람은 없는 걸까요?"

세몬은 무슨 말을 해야 할지 몰라 망설이다가 입을 열었다.

"당신, 오늘따라 말이 참 많네."

그러고는 돌아누워 잠이 들었다.

05

아침이 되자 세몬은 잠에서 깨어났다.

아이들은 아직 자고 있었고, 아내는 이웃집에 빵을 얻으러 가고 없었다. 낡은 윗도리와 속바지를 걸친 지난밤의 낯선 남자는 긴 의자에 혼자 앉아 허공을 보고 있었다. 그의 얼굴은 지난밤보다 밝아보였다. 세몬이 물었다.

"이봐요. 뱃속에서는 배고프다고 아우성, 벗은 몸은 옷을 달라고 아우성이군요. 이제 뭐든지 벌이를 해야지요. 뭘 할 줄 아슈?"

"실은 할 줄 아는 게 하나도 없습니다."

세몬은 놀라며 다시 말했다.

"할 마음만 있으면 뭐든 배울 수 있는 법이죠."

"사람은 일을 해야 하니, 저도 일을 하겠습니다."

"이름이 뭐요?"

"미하일입니다."

"그래요, 미하일. 자기 얘기를 하고 싶지 않거든 하지 않아도 돼요. 하지만 먹고살려면 일은 반드시 해야 합니다. 내가 하는 걸 잘 보고 만일 생각이 있다면 나와 함께 일해도 좋아요."

"신이 당신에게 복을 내리실 겁니다! 전 일을 배울 마음가짐이 되어 있습니다. 가르쳐만 주세요."

세몬은 실을 잡고 손가락으로 문지르며 실 끝부분에 왁스칠하는 법을 보여주었다.

"별로 기술이 필요한 건 아니죠. 잘 봐요."

미하일은 그가 일하는 모습을 말없이 바라보더니 손가락으로 실을 꼬아 세몬이 한 대로 문질러 실끝을 마감지었다.

세몬은 대다리구두창에 갑피甲皮를 대고 맞꿰매는 가죽 테 만드는 법도 가르쳐주었다. 미하일은 이것도 금세 따라했다. 세몬은 털을 꼬아서 실을 만드는 법과 송곳 사용법도 가르쳐주었다. 이것 또한 미하일은 금세 배웠다.

미하일은 세몬이 가르쳐주는 건 뭐든지 금방 따라했고, 이틀 만에 평생 구두장이였던 것처럼 능숙해졌다. 미하일은 쉬지 않고 일했다. 먹는 양도 얼마 되지 않았고, 일이 끝나면 조용히 앉아 허공을 올려다보곤 했다. 밖에 나가지도 않았고, 꼭 필요한 말 이외에는 입도 열지 않았다. 농담도 하지 않았고, 웃지도 않았다.

웃는 모습을 보여준 건 세몬의 집에 온 첫날 저녁 마트료나가 저녁을 내왔을 때뿐이었다.

o6

날이 가고, 달이 가고, 1년이 지나가버렸다.

미하일은 세몬을 위해 일하며 함께 살았다. 세몬의 집에서 일하는 직공의 솜씨가 뛰어나다는 소문이 퍼져나갔다. 세몬의 직공인 미하일만큼 말끔하고 튼튼한 장화를 만드는 사람은 없다는 소문도 나돌았다. 여기저기에서 세몬에게 장화를 주문하러 왔고, 세몬은 돈을 모으기 시작했다.

어느 겨울날, 세몬과 미하일이 여느 때처럼 일을 하고 있는데, 트로이카^{러시아에서 널리 쓰인 두 바퀴 또는 네 바퀴의 삼두마차} 한 대가 종을 울리며 문 앞에 멈추어섰다.

세몬과 미하일은 밖을 내다보았다. 마차는 세몬의 집 바로 앞에 섰다. 정복을 입은 하인이 먼저 내려 문을 열자 털외투를 입은 귀족이 내려섰다. 그는 오두막으로 다가와 현관 앞 계단에 올라섰다. 마트료나는 서둘러 문을 활짝 열었다.

귀족은 문 안으로 들어서기 위해 머리를 살짝 숙였다. 그가 다시 몸을 곧추 펴자 머리가 천장에 거의 닿을 듯했다. 방을 다 차지한 듯 보였다.

세몬은 자리에서 일어나 인사를 꾸벅했다. 그렇게 지체 높은

사람을 본 적이 한 번
도 없었기 때문에 놀란 상
태였다.

세몬은 여윈 편이었고, 미하일
도 말랐으며 마트료나는 마른 장작 같
았다. 하지만 이 남자는 다른 세상에서
온 것 같았다. 둥그런 얼굴은 불그스레하게
혈색이 좋았고 목덜미가 황소 같았다. 무쇠로
만들어진 사람처럼 보였다.

귀족은 숨을 들이쉬더니 슈바를 벗고 긴 의자
에 앉았다. 그리고 물었다.

"누가 수석 구두장인가?"

세몬이 한 발짝 앞으로 나와 대답했다.

"예, 접니다. 나리."

귀족은 하인에게 소리를 질렀다.

"이봐, 표도르. 가죽을 가져오게."

젊은 하인은 밖으로 나가 꾸러미 하나를 들고
들어왔다. 귀족은 꾸러미를 탁자 위에 올려
놓았다.

97

"열어보게."

하인은 얼른 꾸러미를 열었다.

귀족은 손가락으로 가죽을 스치듯 만지며 세몬에게 말했다.

"이보게, 구두장이 양반. 이 가죽 보이나?"

"예, 보입니다. 나리."

"이게 어떤 가죽인지 알아보겠나?"

세몬은 가죽을 만져보고 말했다.

"좋은 가죽입니다."

"좋은 가죽이라니! 이렇게 어리석긴! 평생 이런 가죽은 본 적도 없을 걸세. 이건 독일제 가죽이야. 값도 20루블이나 하지."

세몬은 크게 놀라 말했다.

"저희가 어디서 이런 가죽을 보았겠습니까?"

"그래, 그렇겠지. 이 가죽으로 내게 꼭 맞는 장화 한 켤레 만들 수 있겠나?"

"할 수 있습니다, 나리."

귀족은 세몬에게 큰 소리로 말했다.

"'할 수 있다'라……, 좋은 말이지. 자네가 장화를 만들어 바칠 사람이 누군지 생각해보게. 그리고 어떤 가죽을 쓰는지도 말이야. 자네가 만들 장화는 1년이 가도 모양이 변하거나 닳아서는 안 되는 걸세. 만일 그런 장화를 만들 수 있으면 일을 맡아 가죽을 자르게. 하지만 할 수 없으면 일을 맡지도, 가죽을 자르지도 말게나. 미리 말해두겠네. 1년이 가기 전에 장화가 찢어지거나 닳게 되면 자넨 감옥에 가게 될 걸세. 하지만 1년이 지나도 장화의 모양이 변하지 않거나 찢어지지 않으면 10루블을 주겠네."

세몬은 겁에 질려 무슨 말을 해야 할지 몰랐다. 그는 미하일을 팔꿈치로 쿡쿡 찌르며 속삭였다.

"이 일을 맡아야 할까?"

미하일은 그러라는 듯 고개를 끄덕였다.

세몬은 미하일의 충고를 받아들여 1년이 지날 때까지 찢어지지도 모양이 변하지도 않는 장화 만드는 일을 하기로 했다.

귀족은 하인에게 소리쳐 왼쪽 발에서 장화를 벗기라고 말했다. 그러고는 다리를 죽 폈다.

"치수를 재도록."

세몬은 45센티미터가량 되는 종이를 잘라 반듯하게 폈다. 그리고 무릎을 꿇고 귀족 나리의 양말을 더럽히지 않기 위해 두 손을 앞치마에 닦은 후 치수를 재기 시작했다. 발바닥과 발등의 크기를 재고 종아리를 재기 시작했다. 하지만 종이가 모자랐다. 귀족의 종아리는 나무기둥만큼이나 굵었다.

"조심해. 종아리는 너무 꼭 끼게 하지 말게나."

세몬은 종이를 한 장 더 자르려고 했다. 귀족은 그대로 앉아 양말 속의 발가락을 비비면서 오두막 안의 사람들을 쳐다보기 시작했다. 그러다가 미하일을 발견했다.

"저 사람은 누군가? 자네 직원인가?"

"예. 수석 일꾼입니다. 그가 장화를 만들 겁니다."

"여기 보게. 1년을 버티는 장화를 만들어야 한다는 것을 명심하도록."

세몬도 미하일을 바라보았다. 그는 미하일이 귀족의 말에 귀를 기울이지 않는다는 것을 알았다. 그냥 구석에 가만히 서 있을 뿐이었다. 귀족의 등 뒤에서 마치 무언가라도 본 것만 같았다. 미하일은 그쪽을 바라보고 또 바라보았다. 그러더니 갑자기 미소를 지었다. 얼굴 전체가 환해졌다.

"그렇게 이를 내놓고 웃으니 정말 바보 같군! 장화를 시간 안에 다 만들 수 있나 알아보게."

그러자 미하일이 말했다.

"필요할 때면 일이 끝나 있을 겁니다."

"좋아."

귀족은 장화를 집어들고 슈바로 온몸을 감싸고는 문을 나섰다. 하지만 고개를 숙이는 것을 잊는 바람에 상인방에 머리를 부딪치고 말았다.

귀족은 크게 고함을 지르며 머리를 문질렀다. 그리고 썰매에 올라 출발했다. 귀족이 간 후 세몬이 입을 열었다.

"저 사람, 바위처럼 단단하군! 자네가 나무방망이로 쳐도 끄떡 안 할 거야. 머리에 문기둥이 부서질 뻔했는데도 별로 아파하는 것 같지도 않잖아."

마트료나가 입을 열었다.

"저렇게 살면서 어떻게 살이 안 찔 수가 있겠어요? 죽음조차 저 대꼬챙이 같은 사람을 데려가지 않을 것 같네요."

07

세몬이 미하일에게 말했다.

"자네도 알다시피 이제 일을 받았으니까 최선을 다해야 하네. 가죽이 비싼데다 귀족 나리도 까다로우니 말이야. 실수를 해서는 안 돼. 이제 자네는 나보다 눈도 빨라졌고 솜씨도 좋아지지 않았나. 저기 자가 있네. 자네가 가죽을 자르면 내가 발등 쪽 가죽을 마무리하겠네."

미하일은 시키는 대로 했다. 귀족의 가죽을 받아 탁자에 펼쳐놓고 반으로 접은 후 칼을 가져와 자르기 시작했다.

마트료나는 미하일이 가죽을 자르는 모습을 지켜보다가 깜짝 놀랐다. 그녀도 구두장이 일에는 익숙하기 때문에 미하일이 가죽을 장화용으로 자르지 않고 둥글게 자르고 있다는 사실을 알아챘다. 마트료나는 혼자 생각했다.

'물론 내가 남자용 장화를 만드는 방법을 몰라야 되는 건 아니지만, 미하일이 나보다 더 잘 알 테니 간섭하지 말아야지.'

미하일은 가죽을 자른 후 왁스칠을 한 실로 가죽을 꿰매기 시작했다. 하지만 장화를 만들 때 주로 사용하는 두 겹 실이 아니라 덧신을 만들 때처럼 한 겹 실을 썼다.

마트료나는 또 놀랐지만 끼어들고 싶지 않았다. 미하일은 계속해서 하던 일을 했다.

점심 때가 되어 세몬이 주위를 둘러보다 미하일이 귀족의 가죽으로 덧신을 만드는 모습을 보았다. 세몬은 신음이 나왔다.

'이게 어찌된 일이지? 미하일이 우리 집에 산 것도 벌써 1년이 다 되어가는데, 한 번도 실수를 한 적이 없었잖아. 그런데 지금 이런 짓을 저지르다니! 귀족 나리가 주문한 건 바닥창이 두툼한 장화였는데! 가죽을 망쳐버렸어. 귀족 나리에게 뭐라고 하지? 저런 귀한 가죽은 구할 수도 없는데.'

그는 미하일에게 말했다.

"지금 뭘 하고 있는 거야? 이봐, 미하일. 나를 완전히 망쳐버렸군! 나리가 장화를 주문했는데, 대체 뭘 만든 건가?"

세몬이 미하일에게 한참 말을 하는 도중에 문 두드리는 소리가 났다. 누가 찾아온 것이다. 두 사람은 바깥을 내다보았다. 누군가 말을 타고 찾아와 고삐를 매고 있었다. 문을 열자 아까 그 귀족의 하인이 안으로 들어섰다.

"안녕하신가요?"

"예, 안녕하십니까? 무슨 일이신가요?"

"장화 때문에 마님이 보내셨습니다."

"장화가 왜요?"

"이제 나리께는 장화가 필요 없으십니다. 세상을 뜨셨거든요."

"뭐라고요?"

"여기를 떠나 집에 도착하지도 못해서 돌아가셨어요. 마차에

서 생을 마감하셨죠. 마차가 막 집에 도착해서 내리시는 걸 도와드리러 가는데, 넘어진 자루처럼 쓰러져 계셨습니다. 마차에서 돌처럼 누워 계셨어요. 우리는 있는 힘을 다해 마차에서 나리를 끌어내렸죠. 마님께서 절 보내시면서 말씀하시길, '장화를 주문한 그 구두장이에게 가서 더이상 장화는 필요 없으니 그 가죽으로 가능한 한 빨리 관 속에서 신을 덧신을 만들라고 해요'라고 하셨습니다. 그리고 기다렸다가 덧신을 가지고 오라고 하셨죠. 그래서 제가 왔습니다."

미하일은 나머지 가죽을 탁자 밑에서 꺼내 돌돌 말았다. 그리고 다 만들어진 덧신을 꺼내 두 짝을 탁탁 치더니 앞치마로 잘 닦았다. 그는 덧신을 하인에게 건넸다. 하인이 덧신을 받으며 말했다.

"안녕히 계십시오. 행운이 함께하시길 빌겠습니다!"

08

그렇게 1년이 지났고, 또 2년이 흘렀다. 미하일이 세몬과 함께 지낸 시간도 어느덧 5년이 되었다. 미하일은 처음과 달라진 것이 하나도 없었다. 여전히 아무 데도 가지 않았고, 자기의 속마음을 누구에게도 이야기하지 않았다. 지금까지 웃음을 보인 건 단 두 번, 마트료나가 처음 음식을 대접했을 때와 귀족을 보았을 때뿐이었다.

세몬은 미하일이 매우 마음에 들어서 더이상 어디에서 왔냐는 말을 묻지 않았다. 단 한 가지 걱정이라면 미하일이 자신의 곁을 떠날까 하는 것이었다.

하루는 식구들이 다같이 집에 모여 있었다. 마트료나는 쇠주전자를 오븐 위에 올려놓았고 아이들은 긴 의자에서 창밖을 내다보며 놀고 있었다. 세몬은 창가에 앉아 열심히 일을 하고 있었고 미하일은 또 다른 창가에서 구두 뒤축에 가죽을 박고 있었다.

아이들 중 한 명이 긴 의자를 넘어 미하일에게 달려와 어깨에 기댔다. 그리고 창밖을 가리켰다.

"미하일 삼촌, 보세요! 웬 부인이 어린 소녀들을 데리고 우리 집으로 오고 있어요. 소녀 한 명은 다리를 절어요."

아이의 말이 입 밖으로 나오자마자 미하일은 하던 일을 던져버리고 창 쪽으로 몸을 기울여 바깥을 내다보았다. 세몬은 놀랐다. 미하일은 밖을 내다보는 것을 좋아하지 않았기 때문이다. 하지만 지금 그는 얼굴을 창에 대고 바깥의 무언가를 뚫어지게 쳐다보고 있었다.

세묜도 밖을 보았다. 한 여자가 앞마당을 가로질러 곧장 걸어오고 있었다. 말끔하게 차려입은 여자는 여자아이 두 명의 손을 잡고 있었다. 아이들은 털외투를 입었고 머릿수건을 둘렀다. 두 명이 비슷하게 생겨 구별하기가 어려웠다. 하지만 한 명은 한쪽 다리가 불구였고 걸을 때마다 절뚝거렸다.

여자는 현관으로 와서 컴컴한 문 앞에서 더듬거리다가 빗장을 올리고 문을 열었다. 여자는 아이들을 먼저 안으로 들여보낸 후 그 뒤를 따라 들어왔다.

"안녕들 하신가요?"

"어서 오세요! 무엇을 도와드릴까요?"

여자는 탁자 옆에 앉았고 소녀들은 그녀의 무릎에 달라붙어 있었다. 아이들은 수줍음을 많이 탔다.

"이 아이들이 봄에 신을 만한 염소가죽 신발을 주문하려고요."

"그래요, 할 수 있습니다. 그렇게 작은 건 보통 안 만들지만 물론 매우 쉽습니다. 대다리가 있거나 리넨천으로 띠를 두른

것 모두 쉬워요. 여기 미하일이라고, 우리 집 수석 구두공입니다."

세몬은 미하일을 보았다. 미하일은 하던 일을 팽개치고 여자 아이들을 뚫어지게 쳐다보며 앉아 있었다.

세몬은 미하일을 보고 놀랐다. 물론 아이들이 예쁘기는 했다. 눈은 까맣고 토실토실한 볼은 장밋빛이며 좋은 털외투와 머릿수건을 걸치고 있었다. 하지만 세몬은 아직도 미하일이 아이들을 왜 그렇게 뚫어지게 보고 있는지 알 수 없었다. 마치 아이들이 그의 친구라도 되는 것 같았다.

세몬은 미하일의 행동에 다소 놀랐지만 여자와 계속해서 이야기를 나누었다. 그리고 흥정을 하기 시작했다. 흥정이 끝나고 치수를 쟀다. 여자는 절름발이 아이를 무릎 위에 앉히고 말했다.

"이 아이를 두 번 재세요. 여기 다친 발에 맞는 것 하나와 괜찮은 것 세 개를 만들면 됩니다. 두 아이가 발이 똑같거든요. 쌍둥이라서."

세몬은 줄자를 꺼내 절름발이 아이를 보고 말했다.

"어쩌다가 이렇게 되었나요? 이렇게 예쁜 아이인데. 태어날 때부터 그랬나요?"

"아니에요. 엄마에게 깔려서 그만."

마트료나도 이야기에 끼어들었다. 여자와 아이들이 누구인지 궁금했다.

"그럼, 아이들의 엄마이신가요?"

"아니에요. 엄마는 아닙니다. 부인, 저는 이 아이들과 아무혈연관계가 없어요. 제가 이 아이들을 입양했죠."

"친아이들도 아닌데 정말 잘 보살펴주시네요."

"왜 그렇지 않겠어요? 두 아이 모두 내 젖을 먹여 키웠는걸요. 저도 아이가 하나 있었지만 신께서 데려가셨답니다. 그 아이는 지금의 이 아이들처럼 잘 키우지 못했어요."

"그럼 이 아이들은 누구의 아이들인가요?"

<h1 style="text-align:center">09</h1>

여자는 아이들에 대해 이야기하기 시작했다.

"6년 전이었어요. 이 작은 아이들은 한 주 만에 고아가 되었죠. 아이들의 아빠는 화요일에 죽었고, 엄마는 금요일에 죽었어요. 아빠 없이 3일을 보낸 후에 엄마까지 아빠를 따라가게 된 거죠. 그때 나는 시골에서 남편과 함께 살고 있었어요. 이 아이들은 우리 이웃에 살았죠. 마당을 사이에 둔 집이었어요. 아이들의 아빠는 농부였는데 숲에서 나무 베는 일을 했어요. 거기서 나무를 베다가 나무에 깔려 죽었지요. 내장이 다 상해서. 사람들이 그이를 끌어내자마자 그의 영혼은 신께 가버렸답니다. 그리고 그 주에 아내가 쌍둥이를 낳은 거예요. 여기 이 아이들이지요. 가엾게도 이 아이들은 할머니나 자매도 없이 이 세상에 홀로 버려졌어요.

아이들의 엄마는 아이들을 낳자마자 세상을 떠난 게 틀림없어요. 내가 아침에 그 집을 찾아갔는데, 안으로 들어서자마자 죽어서 차갑게 식어 있는 아이들의 엄마를 보았죠. 죽으면서 작은 아이 위에 쓰러졌나봐요. 그래서 아이가 엄마에게 깔린 거예요. 그 뒤로 아이는 다리를 못쓰게 되었죠.

사람들은 힘을 모았어요. 죽은 엄마를 씻기고 관을 만들어 땅에 묻어주었지요. 사람들은 늘 친절하니까요. 하지만 문제는 이 두 아이들이 이미 버려진 상태였다는 것이지요. 이 아이들을 어떻게 하면 좋을까 고민하고 있을 때, 그때 유일하게 제게만 아이가 있었어요. 전 8주가량 된 제 아들에게 젖을 먹이고 있었거든요. 그래서 제가 당분간 아이들을 돌보게 된 거죠. 농부들은 모여서 이 아이들을 어떻게 할까 의논했어요. 그리고 제게 말했죠.

'마리아, 이 아이들을 당분간만 맡아줘요. 그리고 우리에게 결정할 시간을 좀 주세요.'

그래서 전 아이들에게 젖을 먹였어요. 하지만 다친 아이에게는 젖을 먹일 필요가 없다고 생각했죠. 그런데 이런 생각이 들더군요. 이 가여운 작은 영혼이 왜 이 세상을 떠나야 하는 거지? 그리고 전 아이가 불쌍하다는 생각이 들어서 이 아이에게도 젖을 먹이기 위해 애썼죠. 제 아이에다가 둘이 더 있었으니까, 그래요, 전 세 아이에게 젖을 먹였어요. 하지만 그때 전 젊고 건강해서 젖이 잘 나왔어요. 신이 제게 젖을 많이 주셔서 아이들을 충분히 먹이고도 남을 정도였거든요. 전 아이 두 명을 한꺼번에 먹이고 나머지 아이는 기다리게 했죠. 그리고 한 아이가 다 먹으면 나머지 아이에게 젖을 물렸어요. 그렇게 신은 제게 세 아이 모두에게 젖을 먹일 수 있도록 해주셨죠. 하지만 제 아들이 세 살이 되던 해, 전 그 아이를 잃고 말았어요. 그리고 신은 제게 더이상의 아이를 주지 않으셨지요. 하지만 우리 집 형편은 좋아지기 시작했어요. 지금 우리 부부는 방앗간 일을 합니다. 돈도 잘 벌고 잘살고 있죠. 다만 우리가 낳은 아이가 없을 뿐이에요. 만일 이 아이들마저 없었다면 얼마나 외로웠을 지……! 어떻게 제가 이 아이들을 사랑하지 않을 수 있겠어요? 제게 이 아이들은 없어서는 안 될 소중한 존재들이랍니다."

여자는 절름발이 아이를 한 팔로 꼭 끌어안고 다른 손으로 아이의 뺨에 흐르는 눈물을 닦아주었다.

마트료나는 길게 숨을 내쉬고 말했다.

"역시 옛날 말이 그른 게 없네요. '부모 없이는 살아도 신 없이는 살 수 없다'는 말 말예요."

이들이 이야기를 나누고 있는데 갑자기 미하일이 앉아 있던 구석자리에서 한줄기 불빛이 번쩍였다. 모두 미하일을 바라보았다. 보라! 미하일은 두 손을 무릎에 얹은 채 미소를 지으며 위를 바라보고 있었다.

010

여자는 아이들을 데리고 떠났고 미하일은 의자에서 일어나며 하던 일을 내려놓았다. 그는 앞치마를 벗고 구두장이 세몬과 그의 아내에게 머리를 숙인 후 말했다.

"고맙습니다, 여러분. 신께서 저를 용서하셨습니다. 여러분도 저를 용서해주시겠습니까?"

세몬과 마트료나는 번쩍이는 불빛이 미하일에게서 나왔다는 것을 알아챘다. 세몬도 자리에서 일어나 미하일에게 머리를 숙였다. 그리고 말했다.

"미하일, 당신이 보통 사람이 아님을 알았습니다. 당신을 이곳에 둘 권리도, 당신께 질문을 할 권리도 제겐 없습니다. 하지만 한 가지만 말씀해주세요. 제가 당신을 발견해 집으로 데려왔을 때 당신은 무척이나 슬퍼보였습니다. 그런데 아내가 먹을 것을 가져다주자 당신은 그녀에게 미소를 지어보였지요. 힘이 좀 난 듯 보였습니다. 그리고 귀족이 장화를 주문했을 때 당신은 두 번째로 웃어보였죠. 전보다 더 생기가 돌더군요. 아까 그 여인이 어린 여자아이들을 데리고 왔을 때 당신은 세 번째로 웃음을 지었고 완전히 활기가 돌아왔어요. 말씀해주세요, 미하일. 당신에게 왜 그런

빛이 나온 거지요? 왜 세 번 미소를 지었나요?"

미하일은 대답했다.

"제게서 빛이 난 건 신이 나를 벌하셨다가 용서하셨기 때문이지요. 그리고 세 번 미소를 지은 건 제가 깨달아야 할 세 가지 신의 진실을 배웠기 때문입니다. 그중 한 가지는 당신의 아내가 내게 자비를 베풀어주었을 때 깨달았습니다. 그래서 미소를 지었던 거죠. 두 번째 진실은 그 부자가 장화를 주문했을 때 깨달았어요. 그때 미소를 지었죠. 소녀들을 보고 세 번째 진실을 깨달았고 그래서 마지막으로 미소를 지은 겁니다."

세몬은 다시 물었다.

"그럼 미하일, 신께서 왜 당신을 벌하신 겁니까? 그리고 신의 세 가지 진실은 무엇인가요?"

미하일은 대답했다.

"제가 신의 말씀을 거역했기 때문에 저를 벌하신 거죠. 저는 천국의 천사였는데, 신의 말씀을 거역했습니다. 제가 천사였을 때 신은 저를 보내 한 여인의 영혼을 데려오라고 명하셨어요. 전 땅으로 내려갔지요. 여인은 홀로 누워 있었습니다. 몸이 아파보였죠. 금방 쌍둥이 여자아이들을 낳았더군요. 작은 아기들은 어미 곁에 누워 있었어요. 하지만 엄마는 아이들을 가슴께로 들어올릴 수도 없었죠. 그 어미는 저를 보았어요. 신께서 자기의 영혼을 데리러 절 보냈다는 걸 바로 알아챘습니다. 그녀는 울음을 터뜨리며 말했어요.

'신의 천사여! 전 방금 남편을 묻었습니다. 숲에서 나무가 남편을 덮쳐서 그대로 깔려 죽었어요. 제겐 아이들을 돌봐줄 자매도, 이모도, 어미도 없습니다. 제 영혼을 데려가지 말아주세요. 제 아이들을 키울 수 있게 해주세요. 아이들에게 젖을 먹이고 두 발로 설 수 있게 하도록 해주세요. 아비도 어미도 없이 아이들의 힘만으로는 살 수 없습니다.'

저는 여인의 말에 귀를 기울였어요. 그리고 한 아이를 안아서 여인의 가슴께에 눕히고 다른 아이를 팔에 안겨줬죠. 그리고는 신께 돌아갔습니다. 신께 날아가서 말씀드렸어요.

'어미의 영혼을 데려올 수 없었습니다. 아비는 나무에 깔려 죽었고, 어미는 쌍둥이를 낳았습니다. 그리고 자기를 데려가지 말라고 애원했어요. 여인은 제게 아이들을 키울 수 있게 해달라고, 아이들에게 젖을 먹이고 두 발로 설 수 있게 하도록 해달라고 말했어요. 아비, 어미 없이 아이들끼리는 살 수 없다고요. 전 여인의 영혼을 데려올 수 없었습니다.'

그러자 신이 말씀하셨죠.

'가서 여인의 영혼을 데려오너라. 그리고 사람 안에 있는 건 무엇인지, 사람에게 주어지지 않은 건 무엇인지, 사람은 무엇으로 사는지, 그 세 가지 교훈을 깨닫도록 하여라. 세 가지 교훈을 깨달은 후 천국으로 돌아올지어니.'

저는 다시 땅으로 내려가 여인의 영혼을 데려갔습니다. 아기들은 여인의 가슴에 안겨 있다 떨어졌습니다. 여인의 죽은 몸은 침대 위를 굴러 한 아기의 발을 깔고 뭉갰어요. 저는 마을 위로 날아올라 신께 여인의 영혼을 바쳤습니다. 그런데 바람이 나를 휩싸더니 날개가 더이상 움직이지 않았고 전 그대로 땅으로 떨어졌습니다. 영혼은 혼자서 신께 날아올라갔고, 저는 땅으로 떨어졌습니다."

011

세몬과 마트료나는 그제서야 자신들이 입히고 먹인 사람이 누구인지, 지금까지 자신들과 함께 산 사람이 누구인지 알게 되었다. 그들은 놀람과 기쁨에 울음을 터뜨렸다. 미하일이 말했다.

"전 벌거벗은 채 벌판에 홀로 있었습니다. 그전에는 인간의 가난이 무엇인지 알지 못했지요. 추위와 배고픔이 뭔지도 몰랐죠. 하지만 전 사람이 되어 있었어요. 배가 고팠고 너무 추웠습니다. 하지만 어찌할 바를 몰랐지요. 그때 길 건너편에 있는, 신께 예배를 드리는 성당을 발견했어요. 쉴 곳을 구할 생각에 얼른 그곳으로 갔지만 문이 잠겨 있어서 안으로 들어갈 수가 없었죠. 저녁이 되었어요. 전 배가 고프고 추웠습니다. 온몸이 다 아팠어요. 그때 어떤 사람이 걸어오는 소리가 들렸습니다. 그 사람은 손에 장화 한 켤레를 들고 혼자 중얼거리고 있었죠. 사람이 되고 난 후 제가 본 첫 세상 사람의 얼굴이었어요. 전 당황해서 숨으려 했어요. 그때 그 사람은 겨울 동안 어떻게 추위를 견뎌야 하며 아내와 아이들에게 어떻게 먹을거리를 구해주어야 할지 스스로에게 묻더군요. 그래서 전 생각했습니다.

'난 추위와 배고픔에 죽어가고 있는데, 이 남자는 자기와 아내가 입을 슈바를 어떻게 사나, 또 어떻게 먹고사나 하는 생각뿐이군. 이 사람은 나를 도울 수가 없겠어.'

그 남자는 저를 보고 얼굴을 찌푸렸어요. 아까보다 더 끔찍해보였죠. 남자는 그냥 저를 지나쳐갔습니다. 전 절망에 빠지고 말았죠. 그때 갑자기 그 남자가 되돌아오는 소리가 들렸어요. 저는 고개를 들었지만 그 사람의 얼굴을 알아볼 수가 없었어요. 아까 그 남자의 얼굴에는 죽음이 어려 있었는데, 지금은 갑자기 생기가 넘치고 있었거든요. 그의 얼굴에서 신의 모습이 보였습니다. 그는 제게 다가와 자기의 옷을 걸쳐주고 저를 자신의 집으로 데려갔어요.

그의 집에 왔을 때 한 여인이 나오더군요. 그녀는 잔소리를 해대기 시작했어요. 아까 그 남자보다 더 끔찍해보였어요. 죽음의 기운이 그녀의 입에서 쏟아져나오고 있었죠. 저는 그 죽음의 기운에 숨이 막힐 것 같았어요. 그녀는 저를 추운 바깥으로 쫓아내고 싶어했어요. 하지만 전 만일 그녀가 그렇게 했다면 죽으리라는 사실을 알고 있었죠. 그때 갑자기 남자가 자신의 아내에게 신 이야기를 했어요. 여인은 갑자기 달라지더군요. 먹을 걸 준비해서 절 친절하게 맞아주었어요. 그녀의 얼굴에서 죽음은 사라지고 없었죠. 그녀의 얼굴에도 생기가 넘쳤어요. 그녀에게서 난 신을 보았죠.

그때 신이 말씀하신 첫 번째 교훈이 생각났어요. '사람 안에 있는 건 무엇인가'라는 것 말이지요.

전 사람 안에 '사랑'이 있다는 걸 깨달았어요. 신께서 내린 언

약이 이루어지기 시작해서 기뻤기 때문에, 그때 처음으로 미소를 지었죠. 하지만 전부를 다 깨달을 준비는 안 되어 있었어요. 사람에게 주어지지 않은 건 무엇인지, 사람은 무엇으로 사는지는 알지 못했으니까요.

그렇게 전 당신 집에서 살게 되었어요. 그리고 1년쯤 살았을 때 한 남자가 장화를 주문하러 왔지요. 찢어지지도, 닳지도 않고 1년을 견딜 수 있을 만큼 튼튼한 걸로 만들어달라고 했죠. 저는 그를 바라보다가 그의 등 뒤에서 제 동료 천사의 모습을 보았어요. 죽음의 천사였죠. 저 말고 누구도 그 천사를 본 사람은 없었어요. 하지만 저는 그를 알았어요. 태양이 지기 전 죽음의 천사가 그의 영혼을 데려가리라는 것도 알았죠. 전 혼자 생각했어요. '이 남자는 장래의 1년을 생각하고 있군. 오늘 저녁이 되기 전 자신이 죽으리라는 사실도 모른 채 말이야.'

그때 갑자기 신의 두 번째 교훈이 떠올랐어요.

'사람에게 주어지지 않은 건 무엇인가.'

전 사람 안에 있는 게 무엇인지 알았지요. 그리고 사람에게 주어지지 않은 게 무엇인지도 알게 되었어요. 사람에게 주어지지 않은 건 바로 자기에게 필요한 것이 무엇인지 아는 능력이었어요. 그래서 두 번째로 미소를 지은 겁니다. 동료 천사를 만났고 신께서 제게 두 번째 진실을 알려주셔서 전 매우 기뻤습니다.

하지만 전부를 깨달은 것은 아니었어요. 여전히 사람이 무엇으로 사는지를 몰랐으니까요. 그래서 계속 여기서 살면서 신께서 제게 세 번째 진실을 알려주실 때까지 기다렸습니다. 그리고 지금 여섯 번째 해에 어린 쌍둥이 여자아이들이 저 여인과 함께 찾아왔어요. 전 아이들을 알아보았습니다. 그리고 그 애들이 어떻게 버려졌는지 생각났어요. 그 애들을 기억해낸 다음에 전 생각했어요.

'그 어미는 아이들을 대신해서 내게 빌었지. 어미와 아비 없이 아이들이 사는 건 불가능하다고 생각했기 때문이야. 하지만 또 다른 낯선 여인이 아이들에게 젖을 먹여 키웠어.'

그 여인이 친자식도 아닌 아이들을 어루만지고 그 아이들을 위해 눈물을 흘렸을 때 전 그녀에게서 살아 있는 신의 모습을 보았어요. 그리고 사람이 무엇으로 사는지 깨닫게 되었죠. 신께서 제게 마지막 진실을 보여주신 겁니다. 그리고 절 용서해주셨죠. 그래서 제가 세 번째로 미소를 지은 겁니다."

OI2

미하일에게 천사의 형체가 분명하게 드러났다. 옷에서 나오는 광채가 눈이 부셔 똑바로 그를 바라볼 수 없었다.

천사는 분명한 목소리로 말했다. 그 목소리는 마치 천국에서 들려오는 것 같았다.

"사람은 스스로를 돌보면서 사는 게 아니라 사랑으로 산다는 걸 깨달았습니다. 어미는 자신의 아이들이 자라기 위해 필요한 게 무엇인지 알지 못했죠. 그 귀족도 자신에게 무엇이 필요한지 알지 못했습니다. 그 누구도 자기에게 필요한 것이 매일 신는 장화인지, 아니면 관 속에서 신을 덧신인지 알지 못합니다.

제가 사람이 되었을 때 전 죽지 않고 살아났습니다. 제가 제 자신에 대해 갖고 있던 생각 때문이 아니라 낯선 이와 그 아내의 마음속에 들어 있던 사랑 때문이었습니다. 그들이 저를 가엾게 여기고 사랑해주었기 때문이죠. 고아들도 살아났습니다. 다른 사람들이 아이들에게 어떻게 해주어야 할까 고민했기 때문이 아니라, 낯선 여인의 마음속에 사랑이 있었기 때문이었어요. 또한 아이들을 가엾게 여기고 사랑해주었기 때문이었죠. 사람들이 살아가는 건 앞으로의 계획이 있기 때문이 아닙니다.

사람 안에 사랑이 있기 때문이죠.

전 신께서 인간에게 생명을 주셨고 인간이 살아가기를 바라셨다는 걸 알았습니다. 하지만 지금은 그 이상의 것을 알지요. 신은 사람이 자기 자신만을 위해 살기를 바라지 않으셨습니다. 그래서 자신에게 필요한 게 무엇인지 알려주지 않으셨어요. 하지만 신은 인간들 모두가 힘을 합쳐 살기를 바라셨죠. 그래서 모든 사람들에게 필요한 게 무엇인지 알려주셨습니다.

겉으로 볼 때는 사람들이 스스로를 돌보기 때문에 살아가는 것 같지만 사실은 사랑으로 살아가고 있다는 걸 전 깨달았습니다. 사랑 안에서 사는 자는 신 안에서 사는 자요, 그 안에 신이 있으니, 신이 바로 사랑입니다."

그렇게 천사는 신을 노래하였다. 세몬의 오두막이 천사의 목소리로 흔들렸다. 그리고 천장이 갈라지더니 한줄기 불기둥이 땅에서 하늘로 치솟았다. 세몬은 아내와 아이들과 함께 바닥에 엎드렸다. 미하일의 어깨에서 날개가 솟더니 공중으로 떠올라 하늘로 날아갔다.

세몬이 눈을 떴을 때 오두막은 예전 모습 그대로였고, 그와 가족들뿐 다른 사람은 아무도 없었다.

사람에게는 땅이 얼마나 필요한가

OI

도시에 사는 언니가 시골에 사는 여동생의 집에 찾아왔다. 언니는 도시 상인의 아내였고, 동생은 시골 농부의 아내였다. 두 자매는 함께 차를 마시며 도란도란 이야기를 나누었다. 그러던 중 언니가 도시에서의 생활이 얼마나 좋은지 동생에게 자랑을 늘어놓으며 뽐내기 시작했다. 언니는 도시에서의 삶이 얼마나 여유롭고 우아한지, 외출을 얼마나 자주하는지, 아이들에게 얼마나 좋은 옷을 입히는지, 먹고 마시는 음식들은 얼마나 풍성한지, 차를 타거나 걸어다니며 극장에 놀러가는 것은 또 얼마나 재미있는지 등을 이야기했다.

언니의 무례한 태도에 기분이 상한 동생은 농부의 삶이 얼마나 좋은지를 자랑하려고 상인의 삶은 정말 고달픈 것이라며 일부러 깎아내렸다.

"나는 언니랑 생활을 바꾸라고 해도 바꾸지 않겠어. 가난하게 살지만 우리는 두려움 따위는 없거든. 언니는 물론 나보다

126

더 우아하게 살겠지. 하지만 언니네는 이것저것 많이 팔아야지 이윤이 남지, 그렇지 않으면 완전히 망하는 거 아니겠어? 또 속담에도 있듯이 잃는 것이 얻는 것보다 더 쉽다잖아. 그러니까 지금은 부유해도 내일이라도 당장 거지가 될 수도 있다는 거지. 하지만 농부의 일이란 더 안정적이야. 농부의 생활은 미천하지만 오래가거든. 우리는 부자는 아니지만 이 정도면 충분히 가졌어."

언니가 다시 말했다.

"충분하다고? 정말 그럴까? 돼지나 소도 그 정도는 돼! 좋은 옷도 없고 어울릴 만한 사람들도 없잖아. 농부들은 또 일을 얼마나 많이 해야 하니! 너희는 거름더미에 묻혀 살다가 죽을 거야. 아마 아이들 역시 그럴걸?"

"우리는 정말로 괜찮아. 잘살고 있어. 다른 사람에게 굽실거릴 필요도 없고 그 누구도 무섭지 않아. 반면 도시에서는 모두 유혹 속에 살잖아. 오늘은 괜찮겠지. 하지만 내일이라도 이상한 사람이 와서 언니를 유혹한다고 생각해봐. 또 형부가 도박이나 술, 여자에 빠질까봐 난 항상 걱정이야. 그러면 모든 것이 무너질 거잖아. 안 그래?"

농부인 파콤은 부엌에서 아내와 처형이 하는 말을 들으며 혼잣말을 했다.

"맞아. 정말 그렇지. 우리 농부들은 어릴 때부터 어머니인 대지와 함께 살았으니 머릿속에 나쁜 생각이 들어올 틈이 없지. 문제가 있다면 땅이 적다는 거야. 내가 원하는 만큼 땅을 가질 수만 있다면 그 누구도, 설령 그 대상이 악마라 해도 두렵지 않을 텐데."

두 자매는 차를 다 마시고 옷에 대해서 이런저런 이야기를 나눈 후 그릇을 치우고 잠자리에 들었다. 마침 화덕 뒤에 숨어 있던 악마가 이 이야기를 전부 들었는데, 농부가 자신의 아내 말에 휘말려 땅만 충분하다면 악마도 두렵지 않다고 자만하자 악마는 매우 기뻐했다.

"좋았어. 어디 한번 붙어보자고. 땅을 잔뜩 주마. 대신 그 땅으로 널 꺾고 말 테다."

O2

농부들이 사는 마을에 한 여지주가 살았는데, 땅을 120데샤티나데샤티나는 2.7에이커, 약 3,305평 정도 가지고 있었다. 여지주는 농부들과 사이좋게 지냈고 별다른 착취도 하지 않았다. 하지만 어떤 퇴역 군인이 여지주의 관리인 행세를 하며 농민들에게서 이런저런 벌금을 거두었다.

파콤이 기르는 말은 아무리 주의를 줘도 여지주의 귀리밭을 망쳤고, 소는 정원으로 들어갔으며, 송아지는 목초지를 마구 뛰어다녔다. 이 모두가 벌금 대상이었다.

파콤은 벌금을 낼 때마다 가축들을 나무라며 매질했다. 여름 동안 관리인 때문에 곤란을 겪은 파콤은 겨울이 되어 가축들을 가두게 되자 매우 기뻤다. 사료가 부족하긴 했지만 그 편이 더 나았다.

겨울이 되자, 여지주가 땅을 팔기로 했으며 큰길가의 여관집 주인이 살 거라는 소문이 돌았다. 농부들은 근심에 시달렸다.

"여관집 주인이 땅을 사면 지금보다 벌금을 더 많이 물릴 텐데. 하지만 우리는 이 땅 없이는 살 수 없어. 이 근방의 농부들은 모두 이 땅으로 먹고사는데."

그래서 농부들은 여지주를 찾아가 값을 더 쳐주겠다며 땅을 자신들에게 팔라고 부탁했다. 여지주는 그러마라고 했다. 미르러시아 촌락 공동체 내의 농부들은 땅을 모두 사기로 했다. 농부들이

하나 둘씩 모여 회의를 열었지만 문제가 생겼다. 악마가 그들을 교란시켜 어떤 합의에도 이르지 못하게 한 것이다.

농부들은 결국 각자의 능력에 따라 땅을 사기로 했다. 여지주도 이에 동의했다.

파콤은 이웃집 농부가 여지주에게서 땅 20데샤티나를 샀다는 소식을 들었다. 게다가 땅값의 반은 1년간 나누어 갚기로 했다는 것이었다. 파콤은 샘이 났다.

"저자들이 땅을 모조리 사버릴 거야. 그럼 나는 하나도 차지하지 못하겠지."

파콤이 아내에게 말했다.

"사람들이 땅을 사들이고 있어. 우리도 20데샤티나는 사야해. 그렇지 않으면 앞으로 살아갈 수 없을 거야. 관리인이 벌금을 자꾸 거둘 거라고."

농부와 아내는 어떻게 땅을 살까 궁리하기 시작했다. 모아둔 돈이 200루블 있었고 송아지 한 마리와 양봉을 치던 벌도 반 정도 팔아 돈을 마련했다. 또 아들에게 일을 시키고 아내의 오빠에게서도 돈을 좀 빌려 필요한 돈의 반 정도를 마련했다.

파콤은 이 돈으로 숲을 포함한 땅 15데샤티나를 사기로 하고 여지주를 찾아갔다. 파콤은 여지주와 흥정을 하여 싼값에 15데샤티나를 샀고, 계약금을 지불한 후 도시로 가서 서류를 만들었다. 그 후 파콤은 대금의 반을 지불했고 남은 돈은 2년에 걸쳐서 갚기로 하였다.

이제 파콤에게는 자기 소유의 땅이 생겼다. 파콤은 새로 산 땅에 씨를 사서 뿌렸다. 1년 만에 파콤은 여지주에게 대금을 다 갚았고, 아내의 오빠에게서 빌린 돈도 다 갚았다.

이제 파콤은 완전한 땅주인이 되었다. 자기 땅을 갈아 씨를 뿌렸으며 자기 땅에서 건초를 만들고 자기 땅에서 땔감도 구하고 자기 땅에서 가축도 먹였다. 말을 타고 자신의 넓은 땅을 둘러보며 밭을 어떻게 갈지도 생각해보고 수확할 작물이 얼마나 되나 계산도 하고 넓은 목초지에서 가축들이 마음놓고 풀을 뜯게 하였다.

파콤은 매우 만족스러웠다. 그의 눈에는 목초지도 더 좋아보였고 자기 땅에서 자라는 꽃도 완전히 달라보였다. 같은 땅 위에서 말을 달리는 것인데도 전에는 그냥 땅이었지만 이제는 특별해보였다.

03

그렇게 파콤은 행복하게 살았고 모든 것이 마음먹은 대로 다 잘 되어가는 듯했다. 하지만 문제는 다른 농부들이 파콤의 밭과 목초지에 자꾸 들어온다는 사실이었다. 파콤은 농부들에게 조심해달라고 간청했지만 별 소용이 없었다. 소를 모는 목동들은 파콤의 목초지로 소떼를 몰고 왔고 밤이면 다른 집 말들까지 울타리를 넘어서 파콤의 옥수수 밭으로 들어오곤 했다.

파콤은 소떼나 말들을 쫓아버렸지만 대개는 용서해주고, 법에 호소하거나 하지는 않았다. 하지만 파콤도 점점 지쳐서 볼로스트여러 마을을 합친 행정구역 법정에 항의했다. 농부들이 부주의해서 그럴 뿐 어떤 악의가 있었던 것은 아니라는 사실을 잘 알았지만 때때로 이런 생각이 들었기 때문이었다.

'그냥 넘어갈 순 없어. 그랬다가는 소떼를 몽땅 우리 목초지에서 먹이고도 남을 거야. 한 수 보여줘야지.'

파콤은 재판을 걸어 농부들을 따끔하게 혼내주고는 벌금까지 물게 했다. 그러자 파콤의 이웃 농부들은 그에게 앙심을 품고 일부러 파콤의 땅에 무단으로 침입했다. 어떤 이들은 밤을 틈타 파콤의 숲에 숨어들어 보리수나무를 몇 그루씩 베어갔다.

숲을 둘러보던 파콤은 얼굴색이 창백해졌다. 누군가 이곳에 침입했던 것이다. 보리수나무 가지는 여기저기 흩어져 있고, 나무는 잘려서 밑둥만 남았다. 숲은 마지막까지 전부 베어지고 없었다. 못된 놈들이 모조리 쓸어간 것이다. 나무는 딱 한 그루만이 남아 있었다. 파콤은 불같이 화를 냈다.

"아니, 이런. 어떤 자식이 그랬는지 찾아내기만 하면 혼쭐을 내줄 테다."

그는 곰곰이 생각해보았다.

"누가 그랬을까? 그래, 셈카밖에 없어."

파콤은 셈카를 찾아갔지만 아무런 증거도 찾지 못하고 셈카와 말다툼만 하다가 돌아왔다. 다시 생각해보니 세몬이 더 그럴듯한 범인 같았다. 파콤은 세몬을 고소했고 법정에서 긴 싸움을 했지만 세몬은 파콤의 예상과는 달리 곧 풀려났다. 증거가 없었기 때문이었다. 파콤은 더욱더 화가 나서 판사 앞에서 불같이 화를 냈다.

"당신네 모두는 저 도둑놈들 편이군. 제대로 된 판사라면 도둑놈들을 풀어줄 리가 없지."

파콤은 이제 판사와도 이웃과도 적이 되었다. 그들은 '붉은 닭_{러시아에서 붉은 닭을 그린 그림은 큰 화재를 의미한다}'으로 파콤을 위협하

135

기까지 했다. 파콤은 넓은 농장에서 살게 되었지만 그 어느 때보다도 마을에서 소외되었다.

그때, 사람들이 새로운 땅을 찾아 떠난다는 소문이 돌기 시작했다. 파콤은 생각했다.

'내가 내 땅을 떠날 이유야 없지. 하지만 이웃 사람들이 떠난다면 우리는 좀더 여유 있게 살게 될 거야. 그러면 그 사람들 땅을 내가 사야지. 이 주변을 전부 사는 거야. 그러면 좀 나아지겠지. 지금은 너무 좁아.'

그러던 어느 날 파콤이 집에 앉아 있는데 떠돌이 농부가 찾아왔다. 파콤은 떠돌이 농부를 하룻밤 묵게 해주고 먹을 것도 주면서 이야기를 나누었다.

"아니 도대체 어디를 가십니까?"

떠돌이 농부는 볼가에서 떠나왔다고 했다. 또 사람들이 그곳을 어떻게 개발하고 있는지도 들려주었다. 그곳에서는 사람들이 정착해서 마을을 이루고 사는데 그곳에 정착한 사람에게는 한 사람당 땅을 10데샤티나씩 준다고 했다.

"그런데 그곳의 땅은 어찌나 비옥한지 호밀을 심으면 말이 가려질 정도로 크게 자라고 어찌나 두꺼운지 다섯 줌만 모아도 한 다발이 나옵니다. 어떤 농부는 완전히 빈손으로 와서 이제는 말 여섯 마리에 소가 두 마리나 생겼지 뭡니까."

이 말을 들은 파콤은 가슴이 두근거렸다.

'이렇게 힘든데 이 마을에 남아 있을 이유가 뭐람? 그곳에 가면 그렇게 잘살 수 있다는데 말이야. 집이랑 땅을 팔아서 그 돈으로 새로 시작해야겠다. 완전히 새로 시작하는 거야. 이렇게 좁은 땅에 있어봐야 손해야. 내가 직접 가서 내 눈으로 확인해야겠어.'

파콤은 여름 내내 집과 땅을 팔고 이사할 궁리만 했다. 파콤은 사마라에서 볼가로 배를 타고 가서 다시 400베르스타_{미터법} 시행 전 러시아의 거리 단위, 1베르스타는 3,500피트이자 약 1,067킬로미터를 걸어 그 마을에 도착했다. 떠돌이 농부가 말한 대로였다. 농부들은 넓은 땅에서 각자 10데샤티나씩을 가지고 살고 있었다. 농부들은 파콤이 자기 마을로 찾아오자 기뻐하며 반겼다.

"누구든지 돈만 조금 있으면 3루블에 원하는 만큼 좋은 땅을 살 수 있습니다. 원래 주는 땅 말고도 원하시는 만큼 살 수 있지요."

파콤은 꼼꼼하게 살펴본 후 가을에 집으로 돌아가 집과 땅을 팔았다. 땅과 집, 소떼를 모두 좋은 가격에 판 파콤은 마을 조합에서 탈퇴한 후 봄이 오기만을 기다렸다가 가족들과 함께 새 마을로 이사했다.

04

파콤과 그의 가족은 새 마을로 이사해서 커다란 마을 조합에
가입했다. 파콤은 동네 노인들에게 보드카를 대접하고 필요한
서류를 모두 만들었다. 마을에서는 파콤을 받아들여 파콤 가족
다섯 명의 몫으로 땅 50데샤티나를 할당해주었고 그외에도 목
초지를 주었다. 파콤은 완전히 정착하여 소떼도 키웠다. 이제
파콤의 땅은 이전 마을에 있을 때의 세 배나 되었고 훨씬 비옥
했다. 생활도 열 배는 나아진 듯했다. 파콤의 땅은 모두 경작에
알맞았고 사료도 충분했다. 파콤 자신이 원하는 만큼 기를 수
있었다.

새 마을에 정착하고 집을 정리하면서 파콤은 매우 기뻐했지
만, 새로운 생활에 익숙해지자 이제 자기 땅이 좁게 느껴지기
시작했다. 첫해에 파콤은 할당받은 땅에서 밀농사를 지었고 농
사도 매우 잘 되었다. 파콤은 밀을 더 재배하고 싶어서 안달이

었지만 땅은 턱없이 부족했다.

이곳에서는 밀을 풀밭이나 휴경지(休耕地)에서만 재배했다. 1, 2년 정도 밀을 키우고 나면 풀이 새로 자랄 때까지 땅을 묵혀야 했고 땅을 원하는 사람은 너무 많았기에 땅이 모두에게 다 돌아가지 않았다. 그 때문에 싸움이 나기도 했고, 부유한 사람들은 땅을 더 원했으며, 가난한 사람들은 상인들에게 돈을 내고 땅을 빌려야 했다.

파콤은 가능한 한 많은 땅에 밀농사를 짓고 싶어져 다음 해가 되자 상인에게 돈을 주고 1년간 땅을 더 빌리기로 했다. 파콤은 밀을 더 많이 재배했고 결과도 좋았지만, 빌린 땅이 마을에서 너무 멀어 적어도 15베르스타는 가야 했다. 근처의 농부와 상인들은 좋은 집을 가진 부자였다.

"그래, 바로 이거야. 내가 땅만 더 살 수 있다면 좋은 집도 지을 텐데. 그러면 정말 다 좋아질 거야."

파콤은 아예 땅을 자기 것으로 만들기 위해 고민하기 시작했다. 파콤은 이곳에서 3년을 살면서 땅을 더 빌리고 밀을 더 많이 재배했다. 그동안 밀은 잘 자랐고 파콤은 돈도 더 많이 벌었다. 하지만 시간이 지날수록 파콤은 한 해 한 해 사람들에게서 땅을 사들이면서 시간을 소비하는 것에 진저리가 났다. 좋은 땅은 이미 농부들이 벌떼처럼 몰려들어 나누어갖고 없었다. 파콤은 늘 너무 늦게 갔기에 싼 땅을 사야 했고, 그런 땅에서는 제대로 농사를 지을 수가 없었다.

그러던 중 이사한 지 3년째 되던 해에 파콤은 한 상인과 함께 농부들에게 목초지를 빌렸다. 이미 밭을 다 갈아놓았지만 농부들끼리 시비가 붙어 재판이 진행되었고, 모든 일은 허사가 되었다.

"저 땅이 내 땅이었다면 이런 고생은 안 해도 되는 건데."

파콤은 땅을 사서 완전히 자기 소유로 만들 곳이 없나 찾아보았다. 그러던 어느 날 한 농부를 만났다. 그 농부는 땅 500데샤티나를 팔려고 내놓았는데, 급하게 팔려 했기 때문에 그 땅을 산다면 좋은 값에 살 수 있을 터였다.

파콤은 흥정을 시작했다. 계속 값을 깎던 파콤은 마침내 1,500루블에 땅을 사기로 했고 그중 반은 천천히 갚기로 했다. 모든 흥정이 끝났을 때, 파콤은 우연히 한 떠돌이 상인을 만났는데, 그는 파콤에게 먹을 것을 좀 달라고 했다.

둘은 함께 앉아 차를 마시면서 이야기를 나누었다.

"저는 바슈키리야에서 땅 500데샤티나를 샀는데, 천 루블밖에 들지 않았지요."

그러자 파콤은 그에게 이것저것 물었고, 상인은 이야기를 들려주었다.

"저는 그저 노인들의 비위를 맞춰주었을 뿐입니다. 옷과 양탄자를 100루블어치 정도 나누어주고 차도 좀 주었지요. 또 사람들에게 술도 대접했습니다. 그래서 1데샤티나에 20코페이카를 지불했지요. 땅은 작은 강 옆에 있고 초원은 온통 풀로 뒤덮여 있습니다."

상인은 땅문서를 보여주며 말했다. 파콤이 어떤 방법으로, 누구에게, 그렇게 싼값에 땅을 샀느냐고 꼬치꼬치 캐어묻자 상인이 답했다.

"그곳 땅은 어찌나 넓은지 1년 동안 돌아도 다 못 돌 정도예요. 모두 바슈키르인들 것이지요. 그들은 정말 어리석어요. 거의 공짜로 땅을 준다니까요."

파콤은 곰곰이 생각했다.

'그래, 왜 500데샤티나밖에 되지 않는 땅에 1,500루블을 낭비하겠어? 게다가 빚을 지고 말이야. 그곳에 가면 1,500루블이면 정말 원하는 만큼 땅을 가질 수 있을 거야.'

05

파콤은 상인에게 그 마을로 가는 길을 물은 뒤 곧 상인과 작별인사를 했다. 파콤은 아내에게 집안일을 맡기고 하인을 데리고 그 마을로 출발했다. 도시에 도착하자 파콤은 상인이 말한 대로 차와 선물, 술을 샀다. 파콤과 하인은 계속해서 500베르스타를 걸어갔다. 7일째 되던 날, 그들은 유목민인 바슈키르인들의 땅에 도착했다. 상인이 말한 그대로였다.

바슈키르인들은 모두 작은 강가의 초원지대에 양털로 된 천막을 짓고 살고 있었다. 그들은 농사를 짓지도 않고 빵을 먹지도 않았다. 소떼는 넓은 초원에서 풀을 뜯었으며 말들도 있었다. 천막 뒤에는 망아지가 매어져 있었고 하루에 두 번 암말이 망아지를 찾아갔다. 바슈키르인들은 암말에게서 젖을 짜고 그 젖으로 쿠미스라는 발효유를 만들었다. 여자들은 말젖을 짜서 치즈를 만들었다. 남자들은 그저 쿠미스나 차를 마시고 양고기를 먹으면서 듀카스_{갈대피리}를 불며 놀았다. 모두들 예의 바르고 즐거워보였다. 그들은 여름 내내 축제를 벌였다. 바슈키르인들은 얼굴이 검었고, 러시아어는 할 줄 몰랐지만 매우 상냥했다.

바슈키르인들은 파콤을 보자마자 천막 안에서 나와 그를 에

위쌌고 통역이 인사를 했다. 파콤은 그에게 땅을 보러 왔다고 말했다. 바슈키르인들은 매우 기뻐하며 좋은 천막으로 그를 데려가 양탄자를 깔고 방석을 내주었다. 그러고는 파콤을 둘러싸고 앉아 차와 쿠미스를 대접했다. 또 그들은 숫양을 잡아 파콤에게 양고기를 대접했다.

파콤은 마차에서 선물을 꺼내어 바슈키르인들에게 나누어주었다. 파콤이 준비해간 차도 대접하자 바슈키르인들은 기뻐서 어쩔 줄을 몰라했다. 그들은 자기들끼리 뭐라고 말하더니 통역에게 또 뭐라고 말을 했다.

"당신이 아주 마음에 든다는군요. 우리는 손님을 기쁘게 하기 위해서는 뭐든지 하는 전통이 있습니다. 당신의 선물에 보답을 하고 싶습니다. 우리에게 선물을 주었으니, 우리가 가진 것 중에 무엇을 원하는지 말씀해보십시오. 그러면 뭐든지 드리겠습니다."

"무엇보다도 저는 땅이 갖고 싶습니다. 제가 사는 나라는 땅이 너무나 부족합니다. 농사를 너무 많이 지어서 땅이 모두 메말랐지요. 하지만 여기에는 땅도 많은데다 비옥하기까지 하군요. 이런 땅은 본 적이 없습니다."

통역이 이 말을 통역해주자 바슈키르인들은 이런저런 이야기를 나누었다. 파콤은 무슨 말인지 도무지 알아들을 수 없었지만 사람들이 매우 착하고, 큰 소리로 웃으면서 이야기하고 있다는 사실쯤은 알 수 있었다. 바슈키르인들은 다시 아무 말 없이 가만히 앉아 파콤을 쳐다보았다. 통역이 입을 열었다.

"당신의 친절에 대한 보답으로 당신이 원하는 만큼 기꺼이 땅을 드리겠답니다. 손짓만 하십시오. 그럼 드리겠습니다."

그런데 바슈키르인들이 다시 자기들끼리 이야기를 하더니 싸우기 시작했다. 파콤은 무슨 일로 말다툼을 하고 있냐고 물어보았다. 통역이 대답했다.

"어떤 사람들이 땅에 대해서는 촌장에게 물어보아야 한다고 해서 말다툼이 생겼습니다. 촌장이 승낙하지 않으면 어떤 것도 할 수 없다는 것이죠. 또 다른 사람들은 촌장 없이도 괜찮다고 말하는군요."

06

바슈키르인들은 계속 다퉜다. 그때 여우가죽 옷을 입은 한 남자가 나타났다. 사람들이 일제히 조용해지더니 모두 자리에서 일어났고, 통역이 파콤에게 말해주었다.

"이분이 촌장님이십니다."

파콤은 제일 좋은 옷을 가져와서 차 5파운드와 함께 촌장에게 내밀었다. 파콤의 선물을 받아들고 촌장은 제일 높은 자리로 가 앉았다. 즉시 바슈키르인들은 촌장과 이야기를 나누기 시작했다.

촌장은 가만히 이야기를 듣고 있더니 고개를 끄덕였고, 그러자 사람들은 다시 조용해졌다. 촌장이 러시아어로 파콤에게 말했다.

"자, 됐습니다. 원하는 대로 가지십시오. 여기는 땅이 아주 많습니다."

파콤은 생각했다.

'이제 땅이라면 얼마든지 가질 수 있어. 지금 확실히 해두자. 아니면 준다고 했다가 다시 빼앗아갈지도 몰라.'

파콤이 말했다.

"이렇게 친절하게 대해주시다니 정말 감사합니다. 하지만 어느만큼이 제 땅이 될지 확실히 말해주셨으면 합니다. 가능하면 빨리 측량해서 저에게 땅을 주셨으면 좋겠는데요. 제가 신의 뜻에 따라 언제 세상을 뜰지 알 수 없으니까요. 친절하신 당신들이 저에게 지금 땅을 주신다 하더라도 나중에 자손들이 그 땅을 도로 빼앗아갈지도 모르지 않습니까."

그러자 촌장이 말했다.

"당신 말이 맞소. 일은 확실히 해야지요."

파콤이 다시 말했다.

"한 상인이 이곳에 왔었다는 이야기를 들었습니다. 여러분이 그에게 땅을 주고 계약을 했다더군요. 저에게도 그렇게 해주셨으면 합니다."

촌장은 그의 말을 잘 알아들었다.

"그럽시다. 우리에게도 서기가 있으니 도시로 보내서 모든 일을 마무리하도록 하지요."

"그럼 값은 얼마지요?"

"가격은 하나밖에 없소. 하루에 천 루블이오."

파콤은 무슨 말인지 알아들을 수가 없었다.

"하루라니, 무슨 뜻이지요? 그게 몇 데샤티나나 됩니까?"

"그건 잘 모릅니다. 우리는 하루 단위로 팝니다. 하루에 당신이 갈 수 있는 만큼, 그만큼이 당신 소유요. 그렇게 해서 하루에 천 루블입니다."

파콤은 깜짝 놀랐다.

"우와, 하루에 갈 수 있는 만큼이라니, 엄청나군요!"

촌장이 웃으며 말했다.

"그래요, 다 당신 겁니다. 하지만 한 가지 조건이 있소. 하루 안에 출발점으로 돌아오지 못하면 다 소용없는 거요."

"그럼 제가 어디까지 갔는지 어떻게 잽니까?"

"음, 우리가 당신이 원하는 곳에 서 있겠소. 그러면 당신은 당신이 원하는 만큼 빙 돌아서 다시 돌아오면 됩니다. 괭이를 하나 가져가서 원하는 곳에 표시를 하시오. 작은 구멍을 판 다음에 잔디를 심으면 됩니다. 그러면 우리가 가보고 표시된 만큼의 땅을 모두 드리겠소. 얼마를 돌든 상관없소. 다만 해가 지기 전에 출발점으로 돌아와야만 합니다. 당신이 돈 만큼 모두 당신 땅이오."

파콤은 뛸 듯이 기뻤다. 파콤과 바슈키르인들은 다음날 아침 일찍 출발하기로 했다. 이야기가 다 끝나자 그들은 쿠미스를 더 마시고 양고기를 먹고 차까지 마셨다. 밤이 되자 사람들은 파콤의 잠자리를 마련해주고 물러갔다.

07

파콤은 침대에 누웠지만 땅에 대해서 생각하느라 잠을 이루지 못했다.

'넓은 땅을 차지할 거야. 나라면 하루에 50베르스타쯤은 갈수 있어. 내일 하루가 나에겐 1년보다 더 중요한 날이야. 50베르스타라면 그 안에 좋은 땅이 많을 거야. 안 좋은 부분은 팔거나 농부들에게 빌려주면 돼. 마음에 드는 부분만 골라서 거기서 농사를 지어야지. 황소 두 마리로 밭을 갈고 하인을 두 명 쓰는 거야. 50데샤티나 정도에서 농사를 짓고 나머지 땅에서는 소를 쳐야겠다.'

밤새 한숨도 잠을 이루지 못한 파콤은 새벽이 밝아오기 직전에 잠깐 눈을 붙였다. 잠깐 조는 사이에 파콤은 꿈을 꾸었다. 파콤은 지금 누워 있는 똑같은 천막에 있었는데 누군가 밖에서 웃고 있었다. 파콤은 누가 그렇게 웃는지 궁금해서 자리에서 일어나 천막 밖으로 나갔다. 그런데 이런, 바슈키르인 촌장과 똑같이 생긴 사람이 천막 앞에 앉아서 배를 움켜쥐고 웃고 있는 게 아닌가.

파콤은 그에게 다가가 물어보았다.

"왜 그렇게 웃고 있습니까?"

그런데 웃고 있는 사람을 자세히 보자 그는 바슈키르인 촌장이 아니라 파콤에게 바슈키리야에 대해 말해준 바로 그 떠돌이 상인이었다. 상인인 것을 알아챈 파콤이 다시 물었다.

"여기 언제 오셨습니까?"

하지만 상인은 다시 오래전 볼가에서 왔다는 떠돌이 농부로 변했다. 조금 있으니 그 떠돌이 농부는 갑자기 악마의 모습으로 변했는데, 삐죽하게 뿔이 난데다가 발은 염소처럼 갈라져 있는 것이 아닌가. 악마는 자리에 앉은 채 계속 웃었다. 악마 앞에는 맨발에 셔츠와 바지를 입은 남자가 누워 있었다. 파콤은 그 남자가 누군지 궁금해서 자세히 들여다보았다. 그런데 거기에 죽은 채로 누워 있는 사람은 다름 아닌 자신이 아닌가! 파콤은 겁에 질렸고 곧 잠에서 깨었다.

"도대체 이게 무슨 꿈이람?"

파콤은 혼잣말을 했다. 그는 주위를 둘러보고 닫힌 문틈으로 밖을 내다보았다. 이미 날이 밝고 있었고 새벽이 다 되었다.

"자, 이제 초원에 나가서 땅을 잴 시간이야."

바슈키르인들도 모두 일어나 모여들었고, 촌장이 앞으로 나왔다. 바슈키르인들은 또 쿠미스를 마시기 시작했다. 그들은

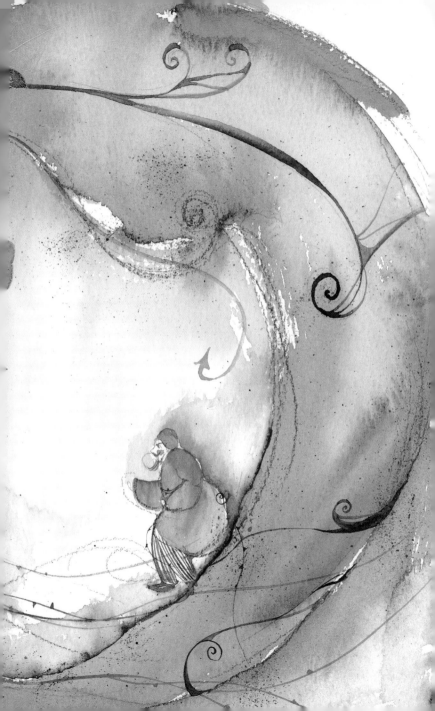

파콤이 차를 대접해주기를 바라는 눈치였지만 파콤은 조금도 지체하고 싶지 않았기에 말했다.

"자, 갑시다. 이제 갈 시간입니다."

08

몇몇은 말에 타고 몇몇은 수레에 탄 뒤 준비를 마치자 바슈키르인들이 출발했다. 파콤은 괭이를 가지고 하인과 함께 마차에 탔다. 파콤과 하인은 초원을 향해 달렸다. 새벽이 시작되고 있었다. 바슈키르어로 시칸이라고 하는 언덕에 다다르자 그들은 마차와 말에서 내려 한곳으로 모였다. 촌장이 파콤에게 다가와 손으로 가리키며 말했다.

"여기서 보이는 땅이 전부 우리 땅이오. 원하는 대로 가지시오."

파콤은 눈을 빛냈다. 땅은 전부 풀이 우거지고 손바닥처럼 평평했으며 검고 질이 좋아보였다. 움푹 파인 곳에는 가슴 높이만큼 풀이 자라 있었다.

촌장은 여우가죽으로 된 모자를 벗어 땅에 내려놓았다.

"자, 여기가 출발점이오. 여기서 출발해서 여기로 돌아와야 하오. 당신이 간 만큼이 모두 당신 땅이 될 것이오."

파콤은 돈을 꺼내 모자 위에 올려두었다. 그러고는 겉옷만 남기고 카프탄을 벗고, 허리띠를 꽉 졸라매었다. 파콤은 목에 빵이 든 주머니를 걸고 허리에는 작은 물병을 찼다. 그리고 각반을 졸라맨 후 하인에게서 괭이를 받아든 다음 출발할 준비를 했다.

파콤은 어느 쪽으로 출발할지 계속 곰곰이 생각했다. 모두 다 좋은 땅 같았다.

'어디로 가든 마찬가지야. 자, 해가 뜨는 방향으로 출발하자.'

파콤은 동쪽을 바라보고 태양이 지평선 위로 떠오르기를 기다리며 초조하게 왔다갔다했다.

'시간을 조금이라도 낭비해서는 안 돼. 시원할 때가 더 걷기 편할 거야.'

지평선 위로 햇빛이 모습을 드러내자마자 파콤은 괭이를 둘러메고 초원을 향해 나아가기 시작했다.

파콤은 지나치게 빠르게도, 그렇다고 지나치게 느리게도 걷지 않았다. 1베르스타쯤 나아간 후 파콤은 잠시 걸음을 멈추고 작은 구멍을 판 후 잔디를 심었다. 표시를 하기 위해서였다.

파콤은 계속 걸음을 재촉했다. 그의 걸음이 갈수록 점점 빨라졌다. 그는 앞으로 나아가면서 계속 작은 구멍을 팠다.

파콤은 주위를 둘러보았다. 태양 아래 시칸이 여전히 시야에 들어왔고, 사람들이 서 있는 모습이 보였다. 마차 바퀴가 번쩍였다. 파콤은 5베르스타쯤 왔겠다고 생각했다. 좀 따뜻해지기 시작하자 파콤은 겉옷을 벗어서 어깨에 걸치고 계속 나아갔다. 날씨는 점점 더 더워졌다. 파콤은 태양을 바라보았다. 벌써 아침을 먹을 시간이었다.

"자, 이제 한쪽은 끝났군. 네 쪽을 모두 표시하면 딱 하루야. 지금 돌아가기는 너무 이르지. 장화나 좀 벗어야겠다."

파콤은 자리에 앉아서 장화를 벗어 허리에 찬 다음 계속 앞으로 나아갔다. 걷기는 그다지 어렵지 않았다. 그는 생각했다.

'5베르스타만 더 가자. 그 다음에 왼쪽으로 꺾는 거야. 여기는 땅이 너무 좋아서 힘들어도 도저히 포기할 수가 없겠는걸.'

멀리 나아갈수록 땅은 더욱 좋았다. 파콤은 아직까지 앞을 향해 꾸준히 나아가고 있었다. 주위를 둘러보자 이제 시칸은 아주 흐릿하게 보였고 개미같이 작은 사람들이 까만 점처럼 보일 뿐이었다. 뭔가 번쩍이는 것도 같았다.

"음, 이 방향으로는 이만큼이면 되겠어. 이제 방향을 바꿔야지. 휴, 땀이 많이 나는걸. 물을 좀 마셔야겠다."

파콤은 멈추어서 구멍을 파고 잔디를 심은 후, 물병을 꺼내어 물을 한 모금 마시고는 왼쪽으로 방향을 바꾸었다. 파콤은 계속해서 나아갔다. 풀은 매우 높이 자라 있었고 날은 정말 더웠다.

파콤은 지치기 시작했다. 태양을 바라보며 가늠해보자 벌써 점심 식사를 할 시간이었다.

"아, 좀 쉬어야겠군."

파콤은 다시 멈추었다. 그는 자리에 앉아 준비해온 빵을 먹고 물을 마셨다. 하지만 눕지는 않았다. 파콤은 생각했다.

'눕는다면 곧 곯아떨어지고 말 거야.'

파콤은 잠시 앉아서 쉬다가 다시 출발했다. 걷기에 별로 힘들지 않았다. 빵을 먹고 나자 다시 힘이 생겼기 때문이다. 하지만 날은 점점 더 더워지고 있었다. 그리고 이제 태양이 떨어지기 시작했다. 하지만 파콤은 계속해서 나아갔다.

"조금만 견디면 이제 평생 원하는 대로 살 수 있어."

파콤은 이 방향으로도 아주 멀리 나아갔다. 왼쪽으로 다시 방향을 바꾸려 했지만, 지대가 낮고 토양은 촉촉한 것이 땅이 너무나 좋았다. 이런 땅을 포기할 수는 없었다. 그는 생각했다.

'오늘은 정말 좋은 날이야.'

파콤은 계속해서 앞으로 나아갔다. 그는 땅에 구멍을 판 후 다시 한 번 방향을 바꾸었다.

파콤은 다시 시칸 쪽을 바라보았다. 열기 때문에 아지랑이가 피어서 그런지 대기는 흐릿해보였고, 그래서 시칸에 있는 사람들이 잘 보이지 않았다.

"음, 아주 멀리 왔군. 여기는 좀 좁게 하자."

파콤은 다시 한 번 방향을 바꾸고는 걸음을 재촉했다. 태양을 바라보자 벌써 서쪽으로 해가 기울고 있었다. 세 번째 방향으로는 2베르스타만큼만 갔다. 그리고 이제는 출발점으로 돌아가려고 했다. 출발점까지는 15베르스타였다.

"아니야. 이렇게 하면 땅이 똑바르지 않겠지만 그래도 얼른 직선으로 쭉 돌아가야 해. 더이상은 해봐야 안 될 거야. 지금까지만 해도 땅은 넓으니까 뭐."

파콤은 서둘러 구멍을 파서 잔디를 심고 시칸으로 향했다.

09

파콤은 시칸을 향해 똑바로 나아갔다. 이제는 걷기가 너무 힘들었다. 파콤은 온몸이 땀으로 흠뻑 젖어 목욕을 한 듯한 모습이었다. 그의 맨발은 여기저기 긁히고 찔려서 상처가 났고, 다리는 휘청거리기 시작했다. 파콤은 쉬고 싶었지만 그럴 수 없었다. 해가 질 때까지 멈추어서는 안 되었다. 태양은 쉬는 법 없이 계속 지고 있었기 때문이다.

"아, 내가 실수를 한 건가? 너무 많이 왔나? 자, 얼른 더 빨리 가자."

파콤은 시칸을 바라보았다. 시칸은 햇빛을 받아 빛나고 있었다. 아직 시칸까지는 한참 남았지만 태양은 지평선에서 그리 높이 있지 않았다.

파콤은 서둘렀다. 무척 힘이 들었지만 계속 걸음을 재촉하며 빨리 걸었다. 그는 걷고 또 걸었다. 아직도 길은 멀었다. 파콤은 두 배로 걸음을 빨리했다. 그는 겉옷과 장화, 물병을 모조리 던져버렸다. 모자도 던지고, 괭이만 잡은 채 거기에 의지하여 걸었다.

'아, 너무 욕심을 부렸어. 몽땅 망쳐버린 거야. 해가 지기 전

에 도착하지 못하고 말 거야.'

이런 걱정 때문에 숨이 더욱 가빠왔다. 이제 파콤은 달리기 시작했다. 셔츠와 바지는 땀 때문에 몸에 착 달라붙었고, 헉헉 거리느라 입은 벌린 채였다. 가슴은 대장간 풀무처럼 큰 소리를 내며 헐떡였고, 심장은 풍차가 돌아가는 것처럼 방망이질하고 있었다. 다리는 거의 부러질 것만 같았다.

파콤은 너무 괴로웠다.

'아, 너무 힘들어서 죽으면 어쩌지?'

금방이라도 쓰러져버릴 것 같아서 두려웠지만 그렇다고 멈출 수는 없었다.

'이렇게 뛰어와놓고서 여기서 멈춘다면 정말 어처구니없는 놀림감이 될 거야.'

파콤은 있는 힘을 다해 달리고 또 달렸다. 목적지가 점점 가까워왔고 바슈키르인들이 외치는 소리가 들렸다. 그들은 파콤을 향해 소리쳤고, 그 소리가 들리자 파콤은 가슴이 더 답답해졌다.

파콤은 마지막 힘을 다해 뛰었고, 이제 태양은 지평선 끝에서 출렁이고 있었다. 태양이 지기 시작했다. 태양은 거의 다 졌지만, 이제 목적지까지 얼마 남지 않은 상황이었다. 시칸에서 사람들이 빨리 오라며 그에게 손짓하는 모습이 보였다. 땅에 놓인 여우가죽 모자도 보였고, 그 위에 놓인 돈도 보일 정도였다. 바닥에 앉아 있는 촌장의 모습도 보였는데, 그는 배를 움켜쥐고 있었다. 파콤은 갑자기 어젯밤 꿈이 생각났다.

'땅은 정말 많지만, 어쩌면 신께서는 내가 여기 살지 못하게 하시려는지도 몰라. 오, 나는 내 자신을 망쳐버렸어. 이렇게 욕심을 부리는 것이 아니었는데.'

파콤은 태양을 바라보았지만, 태양은 이미 지평선 너머로 거의 다 지고 있었다. 이제 태양은 전부 지평선에 가려버렸고, 마지막 끄트머리가 막 사라지는 참이었다. 파콤은 마지막 힘을 다해서 몸을 던지다시피 했고, 다리는 계속 휘청거렸다.

파콤이 시칸에 닿자마자 주위가 어두워지기 시작했다. 태양은 이제 완전히 졌다. 파콤은 신음소리를 냈다.

'이렇게 열심히 했는데 아무 소용이 없게 되었구나.'

그는 걸음을 멈추려고 했는데, 바슈키르인들이 그를 향해 외치는 소리가 계속 들렸다. 생각해보니 파콤은 바슈키르인들보다 아래쪽에 있었다. 그러니 여기서 보면 태양이 졌지만 언덕 위에서 보면 아직 태양이 지지 않았을지도 모르는 것이다. 파콤은 숨을 크게 들이쉬고는 시칸을 향해 달렸다. 언덕 위에는 아직 빛이 남아 있었다. 파콤은 달려갔다. 모자가 바로 앞에 있었다. 모자 앞에는 촌장이 배를 움켜쥔 채 웃고 있었다.

파콤은 꿈을 생각해내고는 "아!" 하고 소리쳤다. 다리는 계속 휘청거렸고 그는 마침내 넘어지면서 손을 뻗어 모자를 잡았다.

"아, 정말 용감한 분이군요. 정말 좋은 땅을 차지하셨습니다."

촌장이 말했다.

파콤의 하인이 달려가 그를 일으켜세웠다. 하지만 그때 파콤의 입에서 한줄기 피가 흘러내렸다. 파콤은 죽은 것이다.

바슈키르인들은 혀를 끌끌 차며 슬퍼하였다.

파콤의 하인은 괭이를 들고 파콤의 무덤을 만들기 위해 땅을 팠다. 파콤이 차지할 수 있는 땅은 그의 머리에서 발끝까지, 딱 3아르신1아르신은 71.12센티미터이었다.

신은 진실을 알지만 때를 기다린다

옛날 블라디미르라는 도시에 악세노프라는 젊은 상인이 살고 있었다. 그에게는 가게 두 개와 집 한 채가 있었다.

곱슬머리의 악세노프는 불그스레한 혈색에 유쾌한 성격을 가졌으며 노래도 무척 잘 불렀다. 젊었을 때는 술을 많이 마셨고 취하면 난폭해졌다. 하지만 결혼한 뒤에는 술을 끊었고 그후에는 가끔씩 마실 뿐이었다.

어느 해 여름, 악세노프는 니츠니에서 열리는 큰 장터에 가게 되었다. 가족에게 작별인사를 하려는데 아내가 말했다.

"아, 여보! 오늘은 나가지 마세요. 당신한테 안 좋은 일이 생길 것 같은 꿈을 꿨어요."

악세노프는 웃으며 말했다.

"장터에서 신나게 마시고 놀까봐 아직도 걱정이 되나?"

"뭐가 걱정인지는 저도 잘 모르겠어요. 하지만 정말 나쁜 꿈을 꾸었어요. 당신이 시내에서 집으로 돌아오는 길인 것 같았는데 모자를 벗자 머리가 온통 백발인 거예요."

악세노프는 아내의 말에 껄껄 웃었다.

"그렇다면 그건 행운의 꿈인데? 그럼, 이제 가봐야겠군. 좋은 얘깃거리만 만들어오겠소."

그는 가족들에게 인사를 하고 길을 떠났다. 반 정도쯤 갔을 때 평소 잘 알고 지내던 한 상인을 만났다. 두 사람은 같은 여인숙에 들러서 하룻밤 묵기로 하고 함께 차도 마시고 나란히 방을 잡아서 잠이 들었다.

악세노프는 아침 늦게까지 자는 것을 별로 좋아하지 않기 때문에 새벽에 일어났고, 선선할 때 출발하려고 마부를 깨워 마구를 채우게 한 후, 자욱한 안개에 싸인 오두막으로 들어서서 여관 주인에게 셈을 하고는 길을 떠났다.

40베르스타쯤 가서 허기를 채우려고 어느 여관 앞에 마차를 세웠는데, 시각이 정오쯤 되었다. 그는 문 앞으로 가서 물을 한 사모바르러시아의 가정에서 물을 끓이는 데 사용하는 주전자 가득 준비해달라고 주문하고는 기타를 꺼내 연주를 하기 시작했다.

그때 갑자기 트로이카 한 대가 방울 소리를 내며 여관으로 다가왔고 장교 복장을 한 사람이 병사 둘을 거느리고 마차에서 내렸다. 그는 악세노프에게 곧장 다가와 물었다.

"당신은 누구요? 어디 출신이오?"

악세노프는 머뭇거리지 않고 바로 대답했고 같이 차 한잔 하겠느냐고 되물었다.

하지만 장교는 계속 자기 질문만 할 뿐이었다.

"지난밤 어디서 묵었소? 혼자였소, 아니면 다른 상인과 함께였소? 그 상인을 오늘 아침에 보았소? 아침에 왜 그렇게 일찍 떠난 거요?"

악세노프는 왜 그렇게 자세히 질문하는지 궁금했지만, 그냥 있는 그대로 대답해주고 난 후 물었다.

"왜 그렇게 많은 걸 물어봅니까? 나는 도둑도 아니고 살인자도 아닙니다. 그냥 내 볼일을 보려는 것뿐이고, 당신이 나를 그렇게 심문할 일은 없을 텐데요."

장교는 병사들을 부른 뒤에 악세노프에게 말했다.

"나는 경찰이오. 어젯밤 당신과 함께 지낸 상인이 칼에 찔려 죽었기 때문에 당신을 심문한 것이오. 당신 소지품을 좀 보여줘야겠소. 저 사람을 수색하도록."

병사들은 여관으로 들어가 악세노프의 짐을 가지고 나와 뒤지기 시작했다. 경찰관이 악세노프의 가방에서 칼을 꺼내들고는 물었다.

"이건 누구 칼이지?"

자신의 가방에서 피가 잔뜩 묻은 칼이 나오자 악세노프는 겁에 질렸다.

"이 칼에 묻은 피는 누구 거야?"

악세노프는 대답을 하려 했지만 제대로 말이 나오지 않았다.

"저……저……저도……몰라요……. 그……그 칼……은 제……제 것이 아닌데……."

경찰관이 말했다.

"당신과 같이 있던 상인이 오늘 아침 칼에 찔린 채 침대에서 사체로 발견되었소. 당신 말고는 그럴 사람이 없소. 여관은 안에서 잠겨 있었고 당신 말고는 여관에 아무도 없었소. 그리고 당신 가방에서 피 묻은 칼이 나왔으니 당신이 죽인 게 분명하군. 어떻게 그를 죽였고 돈은 얼마나 훔쳤는지 말해보시오."

악세노프는 결단코 그를 죽이지 않았고 전날 밤 함께 차를 마신 후로는 그를 보지 못했으며, 갖고 있던 돈 8천 루블은 자기 돈이고 그 칼은 자기 것이 아니라고 말했다.

하지만 악세노프는 마치 죄지은 사람처럼 목소리가 떨렸고 얼굴은 창백하게 변했으며 겁에 질려 온몸이 부들부들 떨렸다.

경찰관은 병사를 불러 악세노프를 묶어서 마차에 태우라고 명령했다. 병사들은 악세노프의 발을 묶어 마차에 태웠고 악세노프는 성호를 그으며 눈물을 왈칵 쏟았다.

병사들은 악세노프의 짐과 돈을 모두 압수하고 가까운 마을로 끌고 가서 감옥에 넣었다. 그러고는 악세노프가 어떤 사람인지 알아보기 위해 블라디미르로 사람을 보냈다. 그곳 사람들은 하나같이 악세노프가 비록 젊었을 때 술을 좋아하고 성격이 거칠기는 했지만 이제는 좋은 사람이 되었다고 말했다. 악세노프는 재판을 받게 되었다.

결국 악세노프는 상인을 죽이고 2만 루블을 훔친 죄로 유죄 판결을 받았다.

그의 아내는 너무 놀라 말문이 막혔고 아무 생각도 할 수가 없었다. 아이들은 아직 어렸고 젖먹이도 한 명 있었다. 그녀는 아이들을 모두 데리고 남편이 감옥에 갇힌 마을로 찾아왔다.

처음에는 남편을 볼 수 없었지만 간신히 간수의 허락을 얻어 남편을 만났다. 그녀는 죄수복을 입고 사슬에 묶인 채 다른 살인자들과 한 감방에 있는 남편을 보자마자 바닥에 쓰러졌고 한참 만에 깨어났다.

그녀는 아이들을 남편과 자신 사이에 있게 하고는 남편에게 그동안의 집안일을 이야기해주었다. 그리고 도대체 무슨 일이 있었는지를 물었다.

그가 아내에게 전부 말하고 나자 그녀가 물었다.

"이제 어떻게 되는 건가요?"

그가 대답했다.

"황제에게 청원해야 해. 아무 죄도 없는 사람이 벌을 받을 수는 없지."

아내는 황제에게 벌써 청원했는데 받아들여지지 않았다고 말했다. 악세노프는 입을 다물고 있었지만 실망한 기색이 역력했다.

그녀가 말했다.

"제가 꾼 꿈 있잖아요, 당신 머리가 백발이 되었다는 꿈말예요. 그 꿈이 결국 무언가 의미하는 것이었어요. 당신 머리가 벌써 근심으로 하얗게 쇠었잖아요. 그때 그냥 집에 계셨어야 했어요."

그녀는 자기 머리를 잡아 뜯기 시작했다. 그리고 말했다.

"사랑하는 여보. 당신 아내에게 사실대로 말해줘요. 당신이 죽였나요?"

악세노프가 말했다.

"결국 당신도 나를 믿지 못하는군."

그는 자기 손을 세게 움켜쥐고 울음을 터뜨렸다.

그때 병사 한 명이 들어와 악세노프의 아내와 아이들에게 갈 시간이 되었다고 말했다. 악세노프는 마지막으로 가족들에게 인사를 고했다.

아내가 떠난 후 악세노프는 사람들이 한 말을 곰곰이 생각해 보기 시작했다. 아내까지 자기를 믿지 못하고 그 상인을 죽였느냐고 물었을 때가 떠올라 그는 혼자 중얼거렸다.

"신 말고는 아무도 진실을 알지 못해. 신이야말로 자비를 구할 수 있는 유일한 대상이지. 그리고 내가 무언가를 기대할 수 있는 대상도 신밖에는 없어."

그때부터 악세노프는 청원을 그만두고 희망도 버렸으며 신에게 기도만 했다. 그럼에도 불구하고 악세노프는 태형笞刑을 선고받았고, 뒤이어 유형에 처해져 지독히 일을 많이 시키는 곳으로 보내졌다.

그렇게 모든 일은 빨리 진행되었다. 악세노프는 가죽 채찍으로 매를 맞았고 상처가 아물 때쯤 다른 죄인들과 함께 시베리아로 보내졌다.

악세노프는 광산에서 26년을 살았다. 시간이 지날수록 그의 머리는 눈처럼 하얗게 변했고 회색 수염은 가늘고 길게 자랐다. 유쾌한 성격은 온데간데없이 사라졌다. 허리는 굽고, 걸음은 느려졌고, 말도 없어졌고, 웃지도 않았다. 그는 내내 기도만 했다.

악세노프는 그곳에서 장화 만드는 기술을 배웠고, 그렇게 번 돈으로 『순교자의 이야기』라는 책을 샀다. 그리고 날이 밝을 때면 늘 그 책을 읽었고, 주일이 되면 그곳에 있는 교회에서 복음서를 읽었으며, 성가대에서 노래를 불렀다. 그의 목소리는 아주 좋았고 힘이 넘쳤다.

당국에서는 악세노프가 매우 순종적이라 좋아했고, 같이 있는 동료 죄수들은 그를 '할아버지', 또는 '성인'이라 불렀다. 청원을 넣을 일이 있으면 언제나 악세노프에게 전해달라고 가져왔다. 또 죄수들은 말다툼이 생길 때마다 악세노프에게 와서 판정을 내려달라고 했다.

악세노프는 집에서 보내는 편지를 한 통도 받지 못했기 때문에 아내와 아이들이 살아 있는지조차 몰랐다.

어느 날 새로운 죄수들이 왔다. 저녁 때 죄수들은 모두 모여 혹시 자기들 고향에서 일어난 일을 아는지, 새로 온 죄수의 죄가 무엇인지 물어댔다. 악세노프도 새로 온 죄수 옆에 있는 자기 침상에 앉아, 머리를 숙인 채 그들의 대화를 열심히 들었다.

새로 온 죄수 중 한 명은 예순 살쯤 먹은 사람이었는데, 건강해보였고 키도 컸다. 회색빛 구레나룻은 짧게 깎여 있었다. 그는 자기가 체포된 이야기를 들려주었다.

"동료 여러분들, 저는 아무 이유도 없이 여기로 왔습니다. 우체부 마차에서 말을 풀고 있는데 제가 말을 훔치려 했다는 겁니다. 그래서 제가 말했죠. '조금더 빨리 가고 싶어서 말에게 채찍질을 했습니다. 그리고 마부는 제 친구입니다. 괜찮아요.' 하지만 그들은 말하더군요. '안 됩니다. 말을 훔치려고 했잖아요.' 하지만 제가 무엇을 어디에서 훔쳤는지도 몰랐습니다. 벌써 오래전에 이곳에 올 만한 짓을 하기는 했지만 잡히지 않았는데, 지금은 아무 이유도 없이 저를 여기로 보냈습니다. 하지만 투덜대봤자 무슨 소용이겠습니까? 전에도 시베리아에 와본 적이 있습니다만 저를 오래 잡아두지는 못했지요."

"어디 출신이신데요?"

죄수 한 명이 물었다.

"블라디미르 출신이오. 거기 사람입니다. 내 이름은 마카르고 우리 아버지 이름은 세미언입니다."

악세노프는 고개를 들고 물었다.

"이봐요, 마카르. 악세노프 집안 얘기를 들은 적이 있나요? 블라디미르의 상인 집안인데. 그 집 사람들은 살아 있나요?"

"그럼요. 들어봤지요. 아주 돈 많은 상인 집안이죠. 비록 그 아버지는 시베리아에 있지만요. 그 사람도 우리 같은 죄인인 듯하더군요. 그런데 할아버지, 어쩌다가 여기까지 왔어요?"

악세노프는 자기에게 닥친 불행을 말하고 싶지 않아 그냥 한숨을 쉬고는 간단히 말했다.

"26년 전 저지른 죄로 중노동 선고를 받았소."

마카르 세미어노프가 물었다.

"무슨 죄인데요?"

악세노프는 대답했다.

"중노동 선고를 받을 만한 죄요."

그는 정확한 답변을 피했지만, 다른 죄수들이 악세노프가 여기까지 오게 된 이유를 자세히 설명해주었다. 여행 중에 누군가 상인 한 명을 살해하고 그 칼을 악세노프의 짐 속에 넣었으며 그런 연유로 그가 부당하게 벌을 받는 것이라고 말했다.

사람들의 말을 듣고 마카르는 악세노프를 쳐다보았다. 그러더니 무릎을 치고 말했다.

"이런, 대단한데! 정말 대단해요! 할아버지, 많이 늙으셨네요."

사람들은 마카르에게 무엇이 대단하냐고, 혹시 예전에 악세노프를 본 적이 있냐고 물었다. 하지만 마카르는 대답하지 않고 같은 말만 반복할 뿐이었다.

"여러분, 이건 기적입니다! 여기서 다시 만나다니, 정말 대단하지 않습니까?"

마카르의 말에 악세노프는 이 사람이 그때 그 상인을 죽인 자가 누구인지 알지도 모른다는 생각이 들었다. 그래서 물었다.

"그 일에 대해 들은 바가 있소, 마카르? 아니면 전에 나를 본 적이 있는 거요?"

"물론 들었죠. 온 나라가 그 이야기를 했는걸요. 하지만 그것도 오래전입니다. 그래서 무슨 말을 들었는지도 잊어버렸어요."

마카르가 말했다.

"그러면 혹시 누가 그 상인을 죽였는지도 들은 적이 있소?"

악세노프가 물었다.

"당연히 짐 속에 칼을 가지고 있던 사람이 죽였겠죠. 들키지 않고 어떻게 당신 짐 속에 그 칼을 넣어놓을 수가 있겠어요? 그렇다면 그 칼은 어쩌다가 당신 짐 속에 들어가게 되었을까요? 정말 아무 생각도 안 나요? 그런 말을 들어본 적도 없어요?"

악세노프는 마카르의 횡설수설을 듣자마자 이 남자가 바로 그 상인을 죽인 자라고 직감했다. 그는 자리에서 벌떡 일어나 발걸음을 옮겼다. 그날 밤 악세노프는 잠을 이루지 못했다. 너무도 침울했고 머릿속에 옛날 일들이 그려지기 시작했다.

아내와 마지막으로 같이 갔던 장날이 떠올랐다. 옆에 아내가 있는 것만 같았다. 아내의 얼굴과 두 눈이 보이고, 목소리와 웃음소리가 들리는 듯했다.

그 다음에는 아이들의 얼굴이 떠올랐다. 한 아이는 작은 털 외투를 입고 있고 또 한 아기는 아내의 젖을 물고 있다.

젊고 행복하던 시절의 자기 자신을 떠올렸다. 경찰이 자기를 체포했을 때 계단에 어떻게 앉아 있었는지가 생각났다. 기타를 연주하던 모습과 기쁨에 가득 차 있던 모습이 떠올랐다. 그리고 채찍질당하던 것이 생각났다. 자기에게 매질을 하던 사람, 그 옆에 서 있던 사람, 자기를 묶은 사슬, 다른 죄수들, 26년간의 옥살이, 그리고 늙어버린 자신의 모습이 차례로 머릿속을 스쳤다.

그런 식으로 침울해지자 스스로 목숨을 끊고 싶어졌다.

"전부 그 범인 때문이야."

악세노프는 혼잣말을 했다.

갑자기 마카르 세미어노프에 대한 분노가 용솟음쳐 악세노프는 이성을 잃었고 그에게 복수를 해야 된다는 욕망으로 불타

올랐다. 밤새 기도를 했지만 도저히 마음의 평안을
찾을 수 없었다. 날이 밝자 악세노프는 마카
르에게 다가갔다. 하지만 그를 똑바로
볼 수가 없었다.

　그렇게 2주가 지나갔다. 밤이
되면 악세노프는 잠이 오지
않았고 너무나 침울해져

서 어찌할 바를 몰랐다.

한번은 한밤중에 우연히 걷다가 침상 밑에 흙이 흐트러진 것을 보고 자세히 살펴보았다. 그런데 갑자기 마카르가 침상 밑에서 나오더니 놀란 얼굴로 악세노프를 쳐다보았다.

악세노프는 그를 보지 않기 위해 그냥 지나쳐 걸어갔지만 마카르는 그의 팔을 움켜잡고, 자신은 지금 벽 밑으로 길을 파고 있으며 매일 장화 속에 흙을 감춰두었다가 일하러 나갈 때 버린다고 말했다.

"당신만 조용히 해준다면 데리고 나가주겠소. 하지만 이 일을 말하면 사람들이 나를 매질할 거요. 그러면 당신도 가만두지 않겠소. 죽여버릴 거야."

악세노프는 자기를 다치게 한 사람을 바라보자 분노로 온몸이 떨렸다. 그는 마카르의 팔을 치우면서 말했다.

"나는 여기서 도망갈 이유도 없고, 나를 죽여도 달라질 건 없을 거요. 당신은 벌써 오래전에 날 죽였으니까. 당신에 대해 말하고 안 하고는 신이 내게 명하신 대로 하겠소."

다음날 죄수들이 일하러 나갔을 때 간수들은 마카르 세미어노프가 땅을 파놓은 것을 보게 되었고, 수색을 해서 구멍을 찾아냈다. 대장이 죄수들에게 와서 물었다.

"누가 저 구멍을 팠나?"

모두가 부인했다. 아는 사람도 마카르의 이름을 대지 않았다. 왜냐하면 그런 시도를 했다는 것 자체만으로도 죽을 만큼 맞을 것이 뻔했기 때문이었다.

소장이 악세노프에게 왔다. 그는 악세노프가 진실한 사람이라는 것을 알았기 때문에 물었다.

"영감, 당신이 진실한 사람이라는 것을 알고 있소. 신이 보고 있으니 누가 그랬는지 어서 말해보시게."

마카르 세미어노프는 바로 간수 옆에 서 있었는데, 너무도 긴장한 나머지 감히 악세노프 쪽으로는 눈도 돌리지 못했다.

악세노프의 손과 입술이 떨렸다. 한참 있다가 그가 입을 열었다. 혼잣말이었다.

"내가 그를 숨겨준다면…… 하지만 나를 망쳐버린 사람을 내가 왜 용서해야 하지? 그 사람이 저지른 죄를 받게 해야지. 그가 그랬다고 말해야 하나? 분명 매질당할 게 뻔한데. 그렇다고 해서 뭐가 달라지겠어? 더 쉬워질까?"

소장은 한 번 더 물었다.

"이보시게, 영감. 사실대로 말하게. 누가 저 구멍을 팠지?"

악세노프는 마카르 세미어노프를 흘깃 쳐다보며 말했다.

"말할 수 없습니다. 신이 제게 말하지 말라고 했으니까요. 말하지 않겠습니다. 그럼, 하고 싶은 대로 하십시오. 전 어차피 당신 밑에 있는 사람입니다."

소장의 노력에도 불구하고 악세노프는 더이상 아무 말도 하지 않았고, 결국 구멍을 판 사람이 누군지는 밝혀지지 않았다.

다음날 밤 악세노프가 침상 위에 누워 막 잠이 들려는 참에 누군가 다가와 발치에 앉는 소리가 났다.

어둠 속에서 마카르의 모습이 보였다. 악세노프가 물었다.

"내가 어쩌기를 바라는 거지? 여기서 뭐하고 있어?"

마카르 세미어노프는 아무 말도 하지 않았다. 악세노프는 자리에서 일어나 말을 이었다.

"뭐하는 거야? 어서 가게! 안 가면 간수를 부르겠어."

마카르 세미어노프는 악세노프 앞에 몸을 숙이고 속삭이듯 말했다.

"악세노프, 저를 용서하세요."

악세노프가 물었다.

"내가 왜 자네를 용서해야 하지?"

"제가 그 상인을 죽이고 칼을 당신 가방 속에 넣었어요. 당신도 죽이려 했는데 밖에서 소리가 나는 바람에 칼을 당신 짐 속에 쑤셔넣었습니다. 그리고 창문으로 빠져나왔어요."

악세노프는 아무 말도 하지 않았다. 무슨 말을 해야 할지 몰랐다. 마카르는 침상 밑에서 기어나와 무릎을 꿇고 말했다.

"악세노프, 저를 용서하세요. 부디 저를 용서해주세요. 고백하건데 제가 그 상인을 죽였습니다. 당신을 사면해줄 겁니다. 곧 당신은 집에 돌아가시게 될 겁니다."

악세노프가 말했다.

"말은 쉽게 하는군. 하지만 내가 어떻게 견뎌낼 수 있겠나? 이제 와서 어딜 가겠나? 아내는 죽었고 자식들은 나를 잊었는데……. 나는 갈 곳이 없네."

마카르는 일어나지도 않고 머리를 땅에 박은 채로 말했다.

"악세노프, 저를 용서해주십시오. 사람들이 당신을 채찍질할 때도 지금 당신을 보고 있는 것보다는 견디기 쉬웠어요. 그런 일을 겪었는데도 나를 동정하다니……. 내 얘기를 하지 않으시다니……. 제발 저를 용서해주세요. 비록 저주 받을 인간이지만 저를 용서해주세요."

그는 울기 시작했다.

마카르 세미어노프의 우는 소리를 듣자 악세노프도 울음이 터져나왔다.

"신이 당신을 용서할 거요. 내가 당신보다 백 배는 더 나쁜 놈일지 몰라요!"

갑자기 악세노프는 영혼이 평안해짐을 느꼈다. 더이상 집이 그립지 않았고 감옥을 떠나고 싶은 마음도 없어졌으며 자기의 마지막 순간만이 그려졌다.

마카르 세미어노프는 악세노프의 말을 듣지 않고 자기가 그때 그 상인을 죽였다고 간수들에게 털어놓았다.

악세노프를 집으로 돌려보내라는 명령이 내려왔을 때, 그는 이미 죽어 있었다.

유한 계층 사람들의 대화

하루는 어느 부잣집에 모인 손님들이 인생에 관하여 진지한 이야기를 나누기 시작했다. 그 자리에 있는 사람의 이야기도 하고 없는 사람의 이야기도 했지만, 어디에서도 자기 삶을 만족스러워하는 이는 찾을 수가 없었다.

스스로 행복하다고 자부하는 사람도 없을뿐더러, 자신이 기독교인답게 살고 있다고 생각하는 사람조차 없었다. 하나같이 털어놓기를, 자기는 세속적으로 살고 있으며 자기와 자기 가족만을 생각하고 이웃을 신경 쓰지 않으며 심지어는 신도 잊고 살다시피 한다고 했다.

사람들은 모두 그렇게 말했고, 신을 잊은 채 비기독교인처럼 살고 있는 자신들은 비난받아 마땅하다는 데 의견을 같이했다.

"그렇다면 우리는 왜 그렇게 사는 거죠?"

한 젊은이가 큰 소리로 외쳤다.

"왜 우리 스스로조차 받아들이지 못하는 방식대로 사는 거냐고요? 우리에게는 삶의 방식을 바꿀 능력조차 없는 건가요? 사치와 나약함, 재물, 그리고 무엇보다 우리는 다른 사람과 다르다고 생각하는 오만함 때문에 망가졌다고 스스로 인정했잖아요. 귀족으로 살면서 부를 누리기 위해 다른 사람에게 기쁨을 주는 일은 모두 버렸습니다. 도시로 몰려들었고, 나약해졌고, 건강을 해쳤고, 온갖 재미는 다 보면서도 죽을 만큼 권태로워하고, 이렇게 살면 안 되는데 하면서 후회나 하죠.

왜 그렇게 사냐는 말입니다. 왜 인생을 망치고 신이 우리에게 내려준 미덕을 버립니까? 저는 더이상 예전처럼 살고 싶지 않습니다. 얼마 전에 시작한 공부도 포기할 겁니다. 그런 공부는 해봤자 우리가 지금 불평하고 있는 이런 괴로운 삶만 낳을 뿐입니다. 저는 제 재산을 모두 포기하고 시골로 내려가 가난한 자들과 함께할 생각입니다. 그들과 함께 일하고, 내 손으로 노동하는 법을 배우고, 내가 받은 교육이 조금이라도 도움이 된다면 그들과 함께 나누겠습니다. 제도나 책을 통해서가 아니라 그들과 함께 살면서 형제처럼 같이할 겁니다. 그래요, 저는 결심했습니다."

젊은이는 의견을 구하는 듯한 눈길로 곁에 있던 아버지를 바라보며 말했다.

"너의 뜻은 가치 있는 것이다. 하지만 경솔하고 무분별하기도 하구나. 네게는 쉽게만 느껴지겠지만 그건 네가 인생을 잘 모르기 때문이야. 우리에게 도움이 되는 것처럼 보이는 일은 많지만 막상 실천하려면 복잡하고 어려운 법이지. 사람들이 다져놓은 길이라 할지라도 그 길을 제대로 걸어가기란 정말 힘든 일이란다. 하지만 새로운 길을 내는 것은 그보다 더 힘이 들지. 새로운 길을 만드는 것은 완전히 성숙된 사람, 인간에게 가능한 일은 전부 통달한 사람만이 할 수 있는 거란다. 인생의 새로운 길을 개척하는 것이 쉽게 느껴지는 이유는 아직 네가 삶을 제대로 알지 못하기 때문이다. 경솔한 생각과 젊은 패기에서 비롯되었을 뿐이야. 우리 나이든 사람들이 할 일은 너의 그런 충동적인 생각을 바로잡아주고 오래된 경험을 통해 올바른 길로 이끌어주는 거다. 너 같은 젊은이들이 우리처럼 나이든 사람의 경험에서 뭔가를 배우려거든 내 말을 따라야 해.

넌 앞날이 창창하게 펼쳐져 있어. 지금도 너는 자라는 중이고 성숙해가고 있어. 학교를 마치고, 매사에 정통할 수 있도록 노력하고, 네 두 발로 우뚝 서고, 자신에 대한 굳건한 신념을 가지고 난 후 네 생각을 실천할 힘이 있다고 느껴지면 새로운 삶을 시작하도록 해라. 하지만 지금은 네 자신을 위해 너를 이끌어주는 사람들의 말을 따라야지, 새로운 인생의 길 따위를 찾는다는 생각은 하지 말아야 해."

젊은이는 입을 다물었고 나이든 사람들은 모두 그의 아버지 말에 고개를 끄덕였다.

"맞습니다."

한 중년의 기혼남이 젊은이의 아버지를 돌아보며 말했다.

"인생 경험이 부족한 젊은이가 새로운 삶의 길을 찾을 때는 머뭇거릴 수도 있고, 또 그 결심이 확고하지 못할 수도 있다는 말씀이 맞습니다. 하지만 선생님도 알다시피 여기 있는 사람 모두 지금의 우리 삶은 양심에 어긋나며 행복을 가져다주지 못한다는 데 동의했습니다. 그렇기 때문에 지금의 삶에서 벗어나고 싶어하는 것이 이치에 맞는다는 사실을 인정하지 않을 수 없습니다.

저 젊은이가 자기의 환상과 이성적인 생각을 혼동하고 있을지도 모릅니다. 하지만 더이상 젊다고 할 수 없는 저조차도 오늘 저녁 여러분들의 말을 들으면서 저 젊은이와 같은 생각을 했습니다. 지금 내 삶이 마음의 평안이나 행복을 가져다주지 못하는 것은 분명합니다. 경험을 돌아봐도, 이성적으로 생각해봐도 틀림없습니다.

그렇다면 무엇을 기다리고 있는 겁니까? 아침부터 밤까지 가족들을 위해 죽을 만큼 애쓰지만 결국 우리와 가족 모두, 신에 게서 멀어지고 있으며 점점 죄악에 빠지고 있습니다. 가족을 위해 일하지만 가족은 더이상 풍요로워지지 않습니다. 그건 바로 우리가 가족을 위해 하는 일이 올바르지 않기 때문입니다.

저는 때때로 내가 내 삶의 방식을 송두리째 바꾸고 저 젊은이가 말한 대로 산다면 모든 것이 더 나아지지 않을까 하는 생각을 합니다. 아내와 아이들에 대한 걱정은 접어두고 내 영혼만을 생각하기 시작하면 어떨까 하고 생각합니다. 바울이 아무 이유 없이 '장가가지 아니한 사람은 주께 속한 일들을 염려하여 어떻게 주를 기쁘게 할까 하여도, 장가간 사람은 세상일들을 염려하여 어떻게 하면 아내를 기쁘게 할까 함이라'고 말한 것은 아닙니다."

하지만 중년 남자가 아내라는 말을 끝마치기도 전에 같이 있던 여자들이 그의 말을 반박하기 시작했다.

"그전에 생각을 했어야죠."

나이 지긋해보이는 여자가 먼저 말을 꺼냈다.

"멍에를 멨으면 짐을 끌어야 해요. 당신의 이야기도 같은 맥락인 듯하군요. 남자들은 가족을 부양하는 것이 힘들어지면 도 망가서 자기 영혼을 구하고 싶다고 말합니다. 그건 다 거짓이고 비겁한 짓이에요. 안 될 말이죠.

남자는 자기 가족과 함께 신의 뜻에 따라 살아야만 합니다. 물론 혼자서 자기 영혼만 구하는 것이 쉽기는 하겠죠. 하지만 그런 행동은 주의 가르침에 어긋납니다. 신은 우리에게 이웃을 사랑하라 하셨어요. 그런데 우리는 신의 이름으로 이웃에게 상처만 주고 있어요. 안 될 말이죠. 결혼한 남자는 분명히 져야 할 책임이 있고, 회피해서는 안 됩니다. 하지만 가족들이 스스로 일어설 수 있을 때는 얘기가 다르죠. 그럴 때는 자기 좋을 대로 해도 되겠지만, 누구도 자기 가족에게 그렇게 하라고 강요할 권리는 없습니다."

그러나 중년 남자는 여자의 말에 동의하지 않았다.

"내 가족을 버리고 싶지 않습니다. 내 말은 가족을 세속적으로 살게 해서는 안 된다는 겁니다. 지금까지 말했던 것처럼 자기 좋을 대로만 살아서는 안 되고, 처음부터 궁핍한 삶과 노동, 다른 사람들에게 봉사하는 것, 그리고 무엇보다 다른 이들과 형제처럼 사는 것에 익숙해져야 된다는 말입니다. 그러기 위해서는 우리의 재산과 차별의식을 버려야 하겠죠."

"자기도 신의 뜻대로 살지 않으면서 다른 사람의 삶까지 뒤흔들 필요는 없지 않나요?"

중년 남자의 아내가 화난 목소리로
말을 이었다.

"젊었을 때는 당신 좋은 대로만 하면서
살아놓고 왜 이제 와서 아이들과 가족을 괴
롭히려는 거죠? 애들이 조용히 자라게 해줘
요. 그리고 나중에 커서 당신의 강압적 요구
없이 자기 뜻대로 살게 그냥 내버려둬요."

중년 남자는 입을 다물었지만 나이 지긋
한 한 남자가 그의 편을 들며 말했다.

"가족을 어느 정도의 편안한 생활에
익숙하도록 해준 가장이 갑자기 그걸
뺏을 수 없다는 건 인정해야 합니다. 아
이를 가르치기 시작했으면 중간에 망쳐놓
는 것보다 마칠 수 있게 해주는 것이 낫죠.
특히 아이들이 자라서 스스로에게 가장 좋은
길이 무엇인지 결정할 수 있게 해줘야 합니다.
내 생각에도 가족이 있는 남자가 죄를 저지르지
않고 삶의 방식을 바꾸기는 어려우며 심지어 불가
능하다고까지 생각합니다. 하지만 우리 나이든 사

람들에게는 바로 그게 신이 명하신 일입니다.

내 얘기를 좀 하겠습니다. 나는 지금 아무 책임도 없이 사는데, 솔직히 말하자면 나는 내 배만 채우기 위해 삽니다. 먹고, 마시고, 빈둥거리고 내가 보기에도 역겹고 메스껍습니다. 그러니 나야말로 그런 삶을 포기할 때가 온 것 같군요. 내 재산을 모두 포기하고, 적어도 죽기 전 얼마 동안만이라도 신이 명하신 기독교인의 삶을 살겠습니다."

하지만 사람들은 노인의 의견에 동의하지 않았다. 그 자리에는 그의 조카딸과 대자代子도 있었는데, 노인은 조카딸과 대자의 자녀들에게 돈을 대주었고 명절에는 선물도 챙겨주었다. 또 노인의 아들도 있었다. 이들은 모두 노인의 말을 반대했다.

"안 됩니다."

아들이 말했다.

"젊어서 일을 하셨으니까 이제는 편히 쉬면서 근심 없이 살아야 할 때입니다. 지난 60년간 살던 방식을 이제 와서 바꾸면 안 됩니다. 쓸데없이 힘들기만 할 겁니다."

"그럼요, 물론이죠."

조카딸도 거들었다.

"궁핍하게 기죽어서 살게 될 테고, 불평하다가 죄만 더 짓게 될 거예요. 신은 자비로워서 모든 죄인을 용서합니다. 삼촌같이 다정한 분이라면 말할 필요도 없지요."

"맞습니다. 왜 그러서야 합니까?"

노인과 같은 나이의 다른 남자가 말했다.

"선생과 나에게 남은 날이 이틀밖에 안 될지도 모릅니다. 왜 새로운 길을 찾아야 합니까?"

"정말 이상한 일이네요!"

지금까지 아무 말이 없었던 사람이 목소리를 높여 말했다.

"정말 이상한 일이에요! 사람들 모두 신이 명하신 대로 사는 게 좋고, 우리는 지금 옳지 못하게 살고 있으며, 육체와 영혼이 모두 고통받고 있다고 말하지 않았나요?

하지만 실천 얘기가 나오니까 아이들을 혼란스럽게 해서는 안 되고, 신의 뜻대로 자라게 해서도 안 되고, 예전의 방식 그대로 살아야 된다고 하네요. 젊은이들은 부모님의 뜻을 거슬러서는 안 되고, 신의 뜻대로 살지 말고, 살던 그대로 살아야 된다고 하고. 결혼한 남자는 아내와 아이들을 혼란스럽게 해서는 안 되고, 신의 뜻대로 살아서도 안 되고, 그냥 살던 대로 살아야 하고. 그리고 노인들은 새로운 삶에 익숙하지 말아야 하고 살 날이 얼마 안 남았으니까 뭐든 새로 시작해서는 안 되고. 그렇다면 우리 중 어느 누구도 올바로 살 수는 없을 것 같군요. 그냥 이렇게 말로만 떠들 수밖에요."